3年B組
金八先生
友達のきずな

小山内美江子

高文研

◆本書に登場する3年B組生徒（上段：配役名）

小塚　崇史
（鮎川　太陽）

笠井　　淳
（上森　寛元）

江口　哲史
（竹下　恭平）

麻田　玲子
（福田　沙紀）

小村　飛鳥
（杉林　沙織）

金丸　博明
（府金　重哉）

大胡　あすか
（清浦　夏実）

安生　有希
（五十嵐　奈生）

島　健一郎
（筒井　万央）

狩野　伸太郎
（濱田　　岳）

小川　比呂
（末広　ゆい）

飯島　弥生
（岩田　さゆり）

清水　信子
（寺島　　咲）

倉田　直明
（今福　俊介）

小野　孝太郎
（竹内　友哉）

稲葉　舞子
（黒川　智花）

◆本書に登場する3年B組生徒（上段：配役名）

姫野　麻子
（加藤　みづき）

長坂　和晃
（村上　雄太）

田中　奈穂佳
（石田　未来）

杉田　祥恵
（渡辺　有菜）

丸山　しゅう
（八乙女　光）

中澤　雄子
（笹山　都築）

坪井　典子
（上脇　結友）

鈴木　康二郎
（薮　　宏太）

中村　真佐人
（冨浦　智嗣）

富山　量太
（千代　將太）

園上　征幸
（平　　慶翔）

西尾　浩美
（郡司　あやの）

中木原　智美
（白石　知世）

高木　隼人
（結城　洋平）

暗い夜道を行くとき
ささえになるのは友の足音だけだ。

そう書き残したのは、ナチスに追われ
亡命の途上で命を断《た》ったドイツの哲学者だった。

崩壊した家庭のがれきの下で、
息をひそめて孤独に生きる
中学生たちをささえてくれるのも
ただ一つ、友達のきずなだけだった。

もくじ

Ⅰ 「いのち」という名の本――5
Ⅱ たった一人の友だち――49
Ⅲ 追いつめられて――89
Ⅳ 友の呼ぶ声――129
Ⅴ 信じてよ、先生――155

I 「いのち」という名の本

「寝た子を起こすなと何度言ったらいいのですか！」、性教育に断固反対の千田校長は、そう言いながら突然、ずるずるとその場にくずおれた。

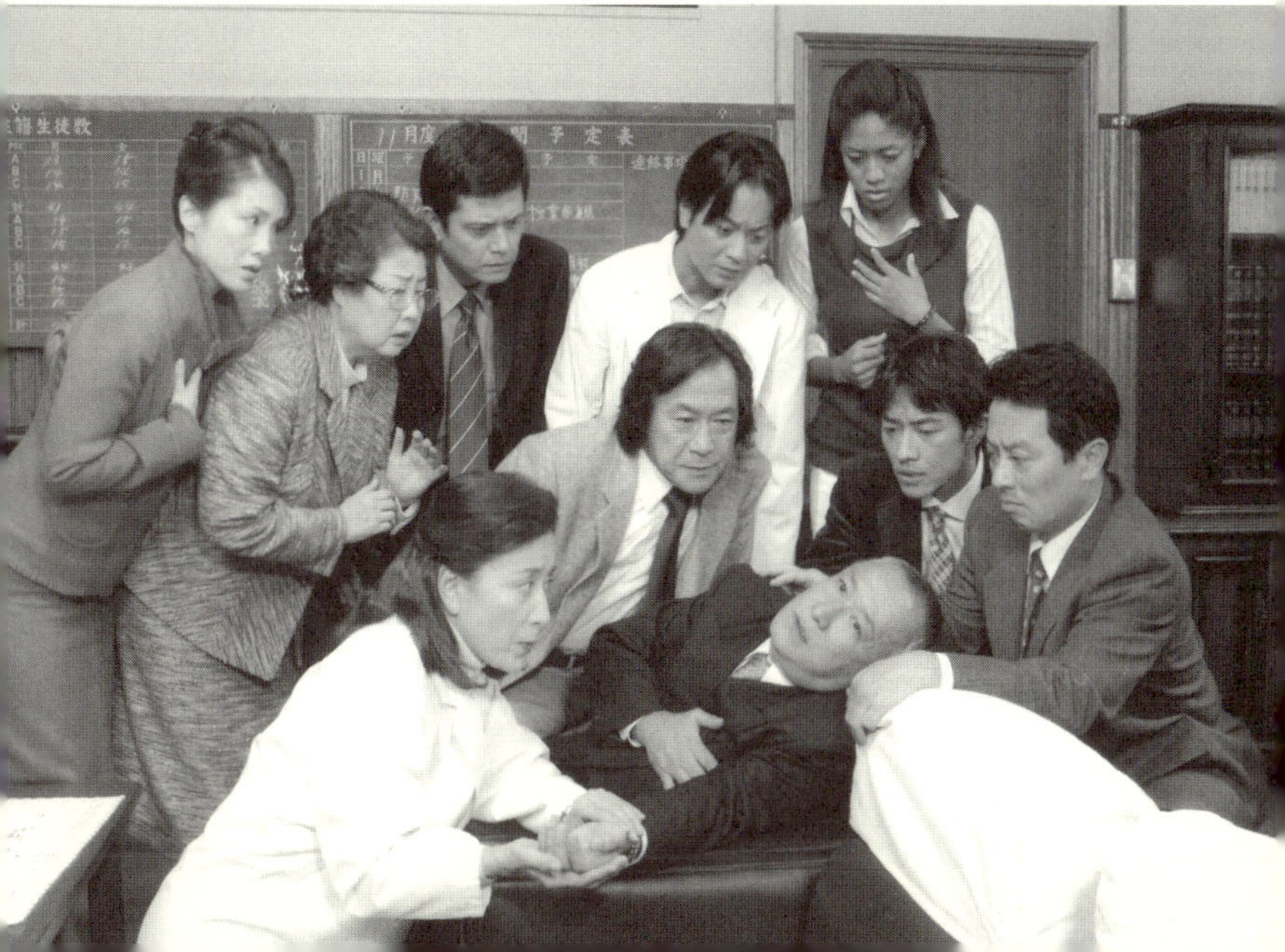

文化祭のソーラン節《ぶし》の踊り以来、三Bの教室には、ようやく熱い連帯感《れんたいかん》のようなものが生まれていた。その、まだあやういバランスの中心にいるのが、知的発達障害《ちてきはったつしょうがい》をもったヤヨだ。ヤヨのかたわらにはいつもぴたりと学級委員の祥恵《さちえ》が寄りそっていたが、そのうちに、祥恵以外の生徒たちもきそってヤヨにかかわるようになっていた。

ヤヨの純真《じゅんしん》な花のような微笑《ほほえみ》は、誰の心でもなごませる。文化祭が終わった三年生を待ち受けているのは、高校受験だ。まとまっていたクラスでさえぎすぎすした雰囲気《ふんいき》になりやすいこの時期、これまでばらばらだった三Bだけは、なぜか以前よりなごやかだ。というのも、三Bたちには、この後もヤヨが参加するスペシャルオリンピックスの五〇〇万人トーチランにサポーターとして参加するというスペシャルイベントが待っているからだった。

三Bたちは受験勉強の合い間をぬって、ヤヨの練習に参加していた。ヤヨの取り合いで、時には量太《りょうた》と伸太郎《しんたろう》との間に小さな火花が散ることさえあった。そうして、みながヤヨに気を配《くば》っているうちに、教室の雰囲気は以前とは比べようもないほど、穏《おだ》やかなものに変わっていったのだった。

文化祭のステージでは少年らしい素顔《すがお》を見せ、大活躍をしたしゅうも最近では再び殻《から》に閉じこもりがちだったし、孝太郎《こうたろう》と和晃《わこう》のコンビは、今でも二人きりでゲーム談義《だんぎ》ばかりしている。仲太郎の親は、再三《さいさん》の督促状《とくそくじょう》にも知らん顔で、給食費を納《おさ》める気配《けはい》はない。問題は山積《さんせき》していたが、ソーラン節を踊りきった三Bたちに潜在《せんざい》する力を、金八先生は信じることにした。

桜中学で、今もっとも不機嫌《ふきげん》な人物といえば、千田《せんだ》校長だろう。なにしろ、和田教育長から、来年度は桜中学に民間校長を迎えることになったという話を聞いたばかりである。来年度こそは自分の裁量《さいりょう》で金八先生を他校へ追い出し、桜中学を仕切るつもりだった千田校長にとっては、寝耳《ねみみ》に水の決定だった。

けれど、学校の改革には地域の力が絶対に必要だという考えの和田教育長にとって、理事会制度の中学をつくることはかねてからの悲願であった。その点、桜中学は他校に先駆《さきが》けてデイケアセンターとの共存《きょうぞん》や、地元の協力を得《え》た校外学習《こうがいがくしゅう》などにとりくんできた。地域協議会《ちいききょうぎかい》の活動も盛《さか》んだ。和田教育長はこの土地の地域力をバックに、風通《かぜとお》しのよい初の〝地域立中学校〟をつくろうとしていた。そのために、和田教育長のめざしている新中学の理念をよく理解している金八先生を、教育委員会からふたたび桜中学へ復帰《ふっき》させたのである。

ところが、町の寄り合いになど顔を出せるかとばかりに、地域協議会《ちいききょうぎかい》を長期欠席《ちょうきけっせき》していた千田《せんだ》校長は、着々《ちゃくちゃく》とすすむこれらの計画を知らなかった。民間校長の話を聞いた千田校長は、金八先生の策にはめられたかのような錯覚《さっかく》に陥《おちい》り、この意見の合わない古参《こさん》教師に対する敵対心《てきたいしん》をますます強めた。若手《わかて》の教師が金八先生に賛同《さんどう》したりすると、自分の悪口《わるくち》をふきこまれているのではないかと、気になってしかたがない。校長は、しじゅう職員室内をとげとげしい目つきでねめまわしては、嫌味《いやみ》を言うようになった。校長の姿を見ると、遠藤先生など反射的に声をひそめたりするものだから、よけいに校長の被害妄想《ひがいもうそう》がふくらむようだった。

この朝の職員会議でも、校長は教師たちを威圧《いあつ》するように見下ろしながら、厳《きび》しい調《ちょう》子《し》で確認した。

「先日通達《つうたつ》した男女混合で出席をとる方式は改めてくれていますね?」

「もちろんです」

すぐに答えたのは、管理職の椅子《いす》をねらう北先生ひとりだった。あとの教師たちは、それとなく目をそらしている。校長は近くの遠藤先生の顔をのぞきこんだ。

「どうですか、遠藤先生？」

「い、いえ、私はまだ。もう、男女混合に慣《な》れてしまっているので、男女別にやるとうっかり返事をしそこなう者が多くて。まだ、名簿《めいぼ》もつくり変えてませんし……」

「だったら、すぐに名簿をつくり変えてください」

校長はつめたく、遠藤先生の言いわけをさえぎった。

「しかし、男子から先に出席をとるというのは、男女同権《どうけん》の権利《けんり》を阻害《そがい》しているという女子からの抗議《こうぎ》があって」

英語科の若い小田切《おだぎり》先生が、思いきって口を開いた。

「同権とは、男女が何もかも同じではないということです。こんなことぐらい生徒に徹底《てってい》させなくてどうします？」

校長の口調《くちょう》には問答無用《もんどうむよう》の響《ひび》きがあり、職員室の空気は重く沈《しず》んだ。けれど、ライダー小田切の隣りに座《すわ》っているシルビアは、もちまえの率直《そっちょく》さで言った。

「変デスネ。校長先生の話、わたし、ワカリマセン」

「外国人であるあなたにはわからんでも、わが国には昔から、男は男らしく、女は女らしくという教育があって、それが家族の絆《きずな》を確かなものとし、社会の発展《はってん》に寄与《きよ》してきたのです。以後、ジェンダーフリーという言葉もじゅうぶんに注意して使うか、あるいは使用をつつしんでいただきたい。これは東京都教育庁《とうきょうときょういくちょう》の方針《ほうしん》です。これに従《したが》うのが、われわれ管理職《かんりしょく》の務《つと》めです」

言外《げんがい》に査定《さてい》をちらつかせて、教師たちを睥睨《へいげい》する校長に、金八先生は立ち上がった。

「お言葉ですが、文科省《もんかしょう》はそうは言っておりません。わずか数年前に学習目標《がくしゅうもくひょう》とした『男女共同参画社会《だんじょきょうどうさんかくしゃかい》』についても、都の見解《けんかい》は違います。そうころころ変えられたんでは、子どもたちにとってもいい迷惑です」

「いや、私が本校の校長であるかぎり、これは職務命令《しょくむめいれい》です」

「いいえ、私が三年B組の担任であるかぎり、これはクラスの問題ですから」

一歩もひかない金八先生に、同僚《どうりょう》の多くがひそかに拍手《はくしゅ》を送っていることが、その顔つきからもわかった。金八先生をにらみつける校長の顔は、みるみる真っ赤になった。

朝のホームルームで、金八先生は迷《まよ》うことなく、男女混合《こんごう》の出席簿《しゅっせきぼ》にそって、出欠《しゅっけつ》をとっていた。もう、最初《さいしょ》のころのように、出欠だけで時間をとられてしまうようなことはない。和晃《わこう》の名を呼んで、金八先生はけげんな顔をした。

「和晃、おまえ、なんでしゅうの席に座《すわ》っているんだ？　自分の席に戻りなさい」

和晃は困《こま》ったように、後ろを見やった。空席《くうせき》になった和晃の席の隣《とな》りで、孝太郎《こうたろう》がうれしそうに手招《てまね》きしている。自宅《じたく》がゲームソフト店をやっている和晃は、いつも孝太郎に快《こころよ》く新しいソフトを貸していたが、最近になって、孝太郎にゲームだけでなく金をせびられて閉口《へいこう》していたのだ。和晃はしぶしぶ孝太郎の横にもどった。空《から》っぽのしゅうの机を見て、金八先生は眉《まゆ》をくもらせた。

「しゅうは今日も遅刻《ちこく》か。どうしたのかなぁ。誰か、知らないか？」

だれも連絡《れんらく》を受けているものはいなかったが、代《か》わりに伸太郎《しんたろう》が口をとがらせて言った。

「どうして、しゅうのときばかり、そうやって心配すんだろね。あ、やっぱ、ひいき？」

「そんなわけないでしょう」

そう答えたものの、金八先生は内心《ないしん》どきりとした。いつも遅刻《ちこく》してやってくるしゅうを、金八先生は笑顔《えがお》で迎《むか》え入れた。これが伸太郎やお調子者《ちょうしもの》の量太《りょうた》であったら、厳《きび》しく注意しただろう。けれど、しゅうには、そうできない何かがあった。心を閉《と》ざしているこの生徒が、金八先生は気になって仕方《しかた》がない。けれど、声をかけると、しゅうはすっと逃《に》げてしまうのだ。

「しゅうの家、だれが近いのかな?」

金八先生の問いに、舞子《まいこ》がおずおずと答えた。

「しゅうの家、前はわりと近かったけど、引《ひ》っ越《こ》してしまって」

「そう……」

金八先生は気をとりなおして、一人欠けたままの教室で授業に入った。教科書に載《の》っている「一冊の本」という名の詩を、金八先生は少しずつ音読《おんどく》させた。今も現役《げんえき》の詩人、長《おさ》田弘《だひろし》さんの作品だ。

「本を読もう。もっともっと本を読もう。書かれた文字だけが本ではない。日の光り、星の瞬《またた》き、馬の声、川の音だって本なのだ」

「ぶなの林の静けさも、ハナミズキの花々も、大きな孤独《こどく》のケヤキの木も、本だ」

「本でないものはない。世界というのは開かれた本で、その本は見えない言葉で書かれている……」

静かな朝の教室に、生徒たちの読む詩の言葉が紡《つむ》がれていく。とつぜん、後ろのドアがあいて、肩《かた》で息をしながらしゅうが入ってきた。金八先生と目があって、小さく頭を下《さ》げるしゅうを、金八先生はしぶい顔で見た。

「はい、次、しゅう」

「はい？」

「次、読んでください」

いつもと違《ちが》って、金八先生はにこりともしない。とまどうしゅうの前に、ヤヨがにこにこと国語の教科書を指さした。しゅうは、肩にかばんをかけたまま、指された箇所《かしょ》を目で追った。

「……二〇〇億光年《おくこうねん》のなかの小さな星。どんなことでもない。生きることは考えることができるということだ。本を読もう。もっと本を読もう。もっともっと本を読もう」

「はい、席につく」

しゅうが座《すわ》ると、教壇《きょうだん》の金八先生がまっすぐしゅうを見て言った。

「授業にはなんとか間に合いましたけどね、遅刻《ちこく》のときはきちんとお家《うち》の人に連絡《れんらく》してもらうこと。これは決まりだ。以後《いご》、気をつけなさい」

金八先生のいつになく厳《きび》しい口調《くちょう》に、しゅうは思わず目を伏《ふ》せた。舞子が心配《しんぱい》そうにじっとしゅうの方を見やっている。なんとなく気まずい空気を、仲太郎がわざとらしくまぜっかえした。

「よっ、担任《たんにん》！　よく言った。うん、さすが、これこそ平等《びょうどう》ってやつだなあ。いやぁ、ソーラン節以来、先生も生まれ変わったからな。期待してるぞ」

「こらっ」

教室に小さな笑いのさざめきが起こったが、しゅうはそんな余裕《よゆう》もなく、そっと窓《まど》の外へ視線《しせん》をすべらせた。校門はすでに閉《と》ざされている。

しゅうが遅刻《ちこく》したのは、ヤクザ風《ふう》の二人組につけねらわれていたからだ。二人組は家で寝たきりになっているしゅうの父親を探しているらしく、しゅうは、以前にもあやうくつかまりそうになったことがある。何があったのか、しゅうにはわからない。わかっているのは、話し合いが通じるような相手ではなさそうなこと、そして、見つかれば、無抵抗《むていこう》の父親は殺されかねないことだけだった。

出口のない闇《やみ》のなかを逃げまわって、しゅうは疲《つか》れきっていた。何でも相談してくれと金八先生に言われたとき、しゅうの心は救いを求めて少なからず動いたが、母親の顔を思い浮《う》かべると、やはり、家の秘密を話すことはできなかった。

今朝《けさ》、しゅうは校門の近くまで来て、凍《こお》りついた。夜の町でしゅうを追い回した、あの見覚《みおぼ》えのある黒い車が、校門を見張るように、道に横付《よこづ》けされていたからだ。しゅうは、車があきらめてそこを去るまで、じっと身《み》をひそめて待っていたのだ。

授業を終えた金八先生が職員室へもどろうとすると、保健室から本田先生に呼び止められた。いっしょに保健室に行くと、そこにはなつかしい顔が金八先生を待っていた。教え子の高島《たかとり》よし江と広島美香《みか》である。数えてみると、この二人を桜中学から送り出して、もう九年が過ぎようとしている。すっかり大人《おとな》になった教え子の顔を、金八先生はまぶしそうに見つめた。

「おお、よく来たな。おまえたち、今でも仲がいいんだ」

「はい」

美香とよし江は顔を見合わせて笑った。金八先生は顔をくしゃくしゃにさせてうなずき、本田先生に頭を下《さ》げた。

「どうもすみません。卒業生のお相手までしていただいて」

「いいえ。高島さんは、今では小学校の立派な養護《ようご》教諭《きょうゆ》ですもの。ご同業《どうぎょう》として、いろいろ話もしたかったたし、ね」

「あれ、じゃあ、私のところではなく、よし江先生は本田先生のところへ来たわけか」

金八先生がふざけて大きなため息をついたが、よし江は真剣《しんけん》な顔で首をふった。

「いえ、両方です。どうしても、あずかっていただきたいものがあって」

そう言うと、よし江はけげんな顔の金八先生と本田先生の前で、大事《だいじ》にかかえてきた大きなスポーツバッグのファスナーをあけた。よし江が取り出したのは、ひとかかえはありそうな男女のペアのぬいぐるみの人形だった。本田先生は、ひと目見るなり、はっと息をのんだ。

「まあ、これって、もしかして……」

「お願いします。これをしばらくの間、あずかっていただきたいんです」

驚《おどろ》いている本田先生に、よし江はひたすら頭を下《さ》げた。

「高鳥さん、あなた、どうやってこれを持ち出したの？」

「いえ、これは私の手作《てづく》りです。学校のものではありません」

今まで黙《だま》っていた美香《みか》が、体を乗り出して言った。

「ほら、よし江は器用《きよう》でしょう。女のお人形の方は、おなかをあけて中を見られるの」

美香が服を開き、マジックテープでとめられた人形の腹部《ふくぶ》を開けると、中にはかわいらしい赤ん坊が入っていた。

「おお、赤ちゃんが入ってるんだ」

金八先生は驚いて、人形を眺《なが》めた。性教育用の人形があるというのは、話には聞いていたが、実物《じつぶつ》を見るのははじめてだった。

「工夫《くふう》したのね、高鳥さん」

本田先生もしきりと感心している。よし江は恥《は》ずかしそうに微笑《ほほえ》んだ。

「小学生には、これを見せて、この赤ちゃんがあなたなのよと言うと、すぐにわかってくれるんです。だから、赤ちゃんがお父さん、お母さんやきょうだいに会うために通《とお》ってくる道は、いつもきれいにしていましょう。汚《きたな》い手でさわってはダメだし、ほかの人にもさわらせないようにしましょうというのが、性教育の第一歩だと私は思っているので、この人形が取り上げられるなんてたまらなくて……」

「取り上げるって、いったい誰が？」

そう言いかけて、金八先生は口をつぐんだ。千田《せんだ》校長の顔が頭に浮《う》かんだからだ。「寝た子を起こすな」というのは、性教育に反対する大人《おとな》たちの決まり文句だ。中学でさえ、そういった声があるのだから、小学校ではさらに風当《かぜあ》たりは強いだろう。

よし江が、人形の頭を愛《いとお》しそうになでながら言った。

「私、研修会で養護学校《ようごがっこう》の先生方がこういう人形を使って、障害のある子に自分の体の仕組みや身の守り方を教えていらっしゃるという報告を聞いて、ほんとうに感動したんです。それで、このサクラちゃんとアキラくんを作ってみたんですけど……」

「サクラちゃんか……」

よし江に言われてはじめて、金八先生は、乙女《おとめ》が憤慨《ふんがい》していた養護学校での事件をぼんやりと思い出した。養護学校の子どもたちが自分の体についてきちんとした認識《にんしき》を身につけ、性的虐待《せいてきぎゃくたい》などの被害《ひがい》にあわないようにと、教師と親が協力して開発した性教育の教材を、議員の一人と週刊誌の記者たちが調査に入って、没収《ぼっしゅう》していったというのである。

「保健室に遊びにきて手伝ってくれる子もいたけれど、変なものを作っていると親にいいつけた子もいて……」

声をつまらせたよし江の代《か》わりに美香《みか》が説明した。

「そのうちに保健室はアダルトショップだと変な噂《うわさ》が立ちかけて、よし江は夢中《むちゅう》で人形を持ち出したんですって。それで、坂本先生なら、この人形を生かす方法を見つけられるのではないかと思って」

「しかし、この桜中学にも今はいろいろあってなぁ……」

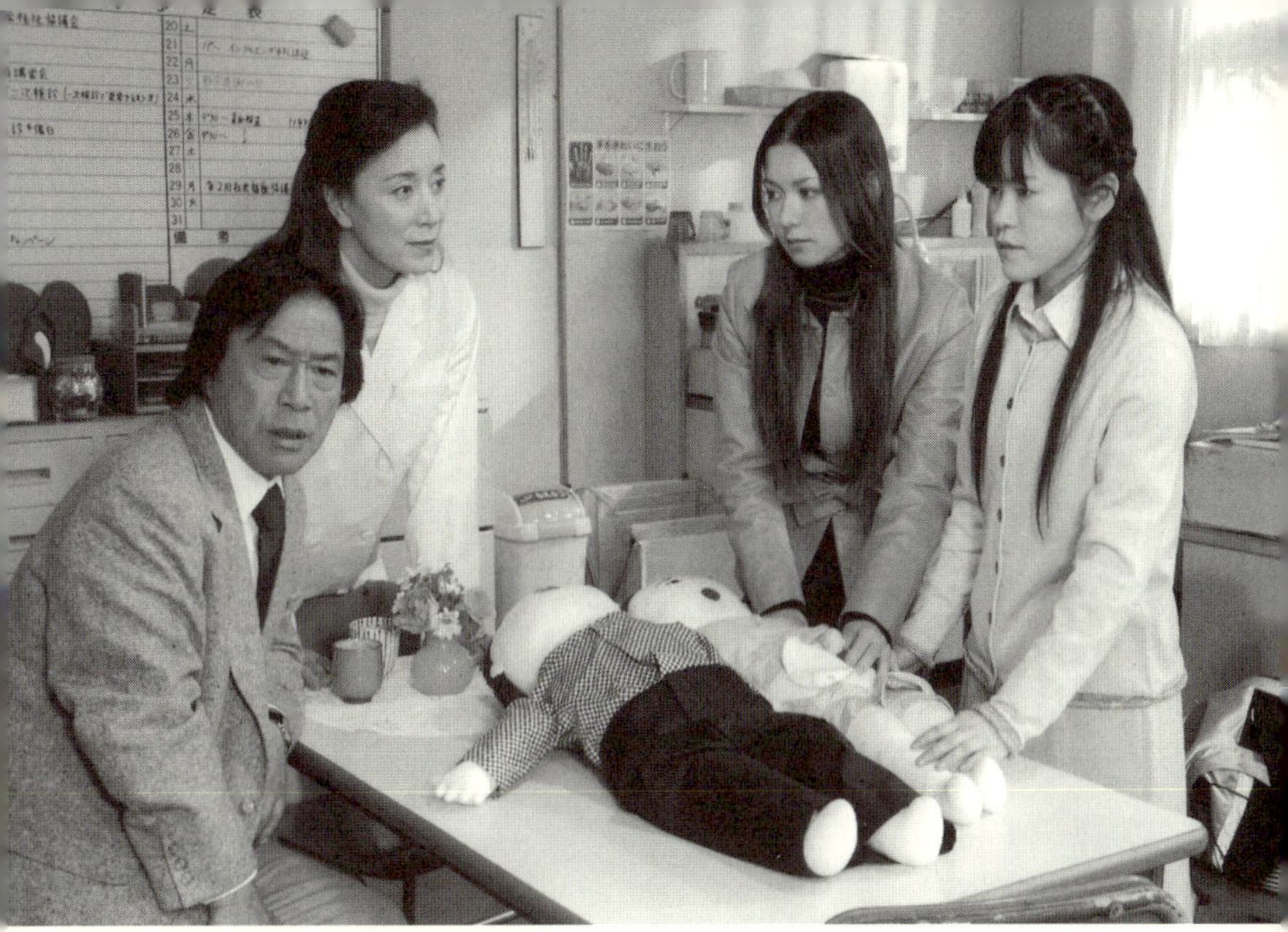

子どもたちの性教育のために作った人形だったが、妙な噂がたち始め、追いつめられたよし江は、何とかこの人形預かってもらえないかと相談に訪れた。

千田《せんだ》校長の顔を思い浮かべて金八先生が困惑《こんわく》していると、横から本田先生がきっぱりと答えた。

「わかりました。私が預《あずか》かります。なんとか、考えてみるわ。中学生以下の性行為《せいこうい》を条例《じょうれい》で禁止するなんて法律を作るよりも、子どもたちに性の本質をしっかりわかってもらうことの方がずっと重要ですものね」

心強《こころづよ》い理解者を得《え》て、よし江の顔にぱっと笑《え》みがひろがった。三B時代と変わらない、あどけない笑顔に、本田先生はしっかりとうなずきかえした。

ちょうどそのとき、足音がしてドアが開き、青い顔をした一年生の女の子に付き添《そ》って、遠藤先生が入ってきた。よし江はとっさに人形をベッドの毛布《もうふ》の下に隠《かく》した。ところが、気分が悪いという生徒を寝かせるために、その毛布はすぐさま遠藤先生にめくられてしまった。

「ありゃ、先客《せんきゃく》がありました。え、これ、妊娠人形《にんしんにんぎょう》か？　よくできてるなぁ」

遠藤先生が目ざとく、人形の仕掛《しか》けを見つけ、感心していると、いっしょに来た生徒も、興味《きょうみ》をそそられたようだった。

「かわいい。先生、一緒に寝ていい？」

そう言うやいなや、少女は、人形を抱《だ》いてベッドにもぐりこんでしまった。遠藤先生が出て行ったあと、不安そうに少女を見やっているよし江の肩を、金八先生は安心させるように軽くたたいた。

「大丈夫。あれは理科の教師だから。ね、本田先生、こんな感じでしばらくの間、サクラちゃんをよろしくお願いします」

「お願いします！　本当にありがとうございます！」

最敬礼《さいけいれい》のよし江と美香《みか》を、金八先生は送って外に出た。よし江の人形をすぐさま授業で使おうというのではない。本田先生にまかせておけば安心だと金八先生は思った。すでに、遠藤先生が職員室で、秘密裡《ひみつり》にあずかった人形を話題《わだい》にしているとは、夢にも思わなかったのである。

「いやあ、とくに女の人形の方なんて、なんともかわいいんですよ。それに、すごく工夫されていて、おなかがパカッと割れると、中にはちゃんと赤ん坊がね」

ライダー小田切《おだぎり》やシルビア先生を相手にとくとくと語る遠藤先生の上着《うわぎ》のすそを、乾《いぬい》先生がぐいとひっぱった。校長が入ってきたのである。

「遠藤先生、いったい何のお話ですか」

校長は神経質《しんけいしつ》な目つきで遠藤先生と周囲の教師を見わたした。しどろもどろの遠藤先生に、国井《くにい》教頭がとっさに助け舟を出した。

「遠藤先生、話題が豊富《ほうふ》なのはけっこうですが、感心できないご趣味の話を職員室に持ち込むことはつつしんでくださいね」

遠藤先生はだまって、肩をすくめた。校長はうさんくさそうにじろりと一瞥《いちべつ》すると校長室へ戻っていった。

だが、職員室での乾先生や国井教頭のフォローもむなしく、保健室の〝変わった人形〟

の噂《うわさ》はあっという間に教室へ流れていった。発信源《はっしんげん》は、三Bの真佐人《まさと》だった。ぐうぜん、鼻の頭にできたニキビが化膿《かのう》して、保健室で薬をつけてもらった真佐人は、ベッドに寝かされていたサクラちゃんとアキラくんを目にしたのだった。

「保健室にすげー人形がいるんだ。見に行こうぜ」

三Bの教室に戻った真佐人は甲高《かんだか》い声で叫《さけ》んだ。人形と聞いてバカにしていた三Bたちだが、真佐人がグラマーな人形ですごい仕掛《しか》けがあるというので、好奇心旺盛《こうきしんおうせい》な比呂《ひろ》たちや量太《りょうた》がまず、教室を飛び出した。一人が動くと、あとは、われもわれもと続く。興味をそそられ、次々と教室を飛び出した。一階の廊下《ろうか》の曲《ま》がり角《かど》まで来て、有希《ゆき》が皆《みな》を制《せい》した。

「ちょい待ち。こんだけいっぺんに保健室へ行ったら、本田先生、絶対、変だと思うよ」

「だよな。人形がかわいいから見に来たなんて、言えねえよな」

仲太郎《しんたろう》も、うなった。悪知恵《わるぢえ》の頭の回転が一番はやかったのは比呂《ひろ》だ。

「そうだ！　校長先生が呼んでいるとかなんとか言って、本田先生を保健室から連《つ》れ出す」

「おまえ、頭いい！」

そうと決まると、一同は、気の弱い淳《じゅん》を前に押し出した。淳はしぶしぶ承知すると、おそるおそる保健室の扉《とびら》をノックした。

「本田先生、校長先生が体育館で呼んでいます」

淳が嘘《うそ》の呼び出しを伝えると、本田先生は何も疑《うたが》わずに、淳に礼を言って、保健室を出て行った。淳はかちかちに緊張して、本田先生の背中《せなか》に一礼《いちれい》すると、そっと仲間に合図《あいず》をおくった。わっと、三Bたちは無人《むじん》の保健室になだれ込む。有希は、ベッドからサクラちゃんを引《ひ》っ張《ぱ》りだし、まじまじと観察《かんさつ》した。

「へーえ、すごい！　見て見て」

「わっ、妊娠《にんしん》してんじゃん」

「ダメよ、男の子の見るもんじゃない」

「ひょっとして、親はこいつか?」

伸太郎はもっていたアキラくん人形のズボンの中をのぞき、わざとらしくにやりとした。

「やっぱり！」

「え、なに、なに?」

みんなの視線《しせん》が伸太郎に集まる。

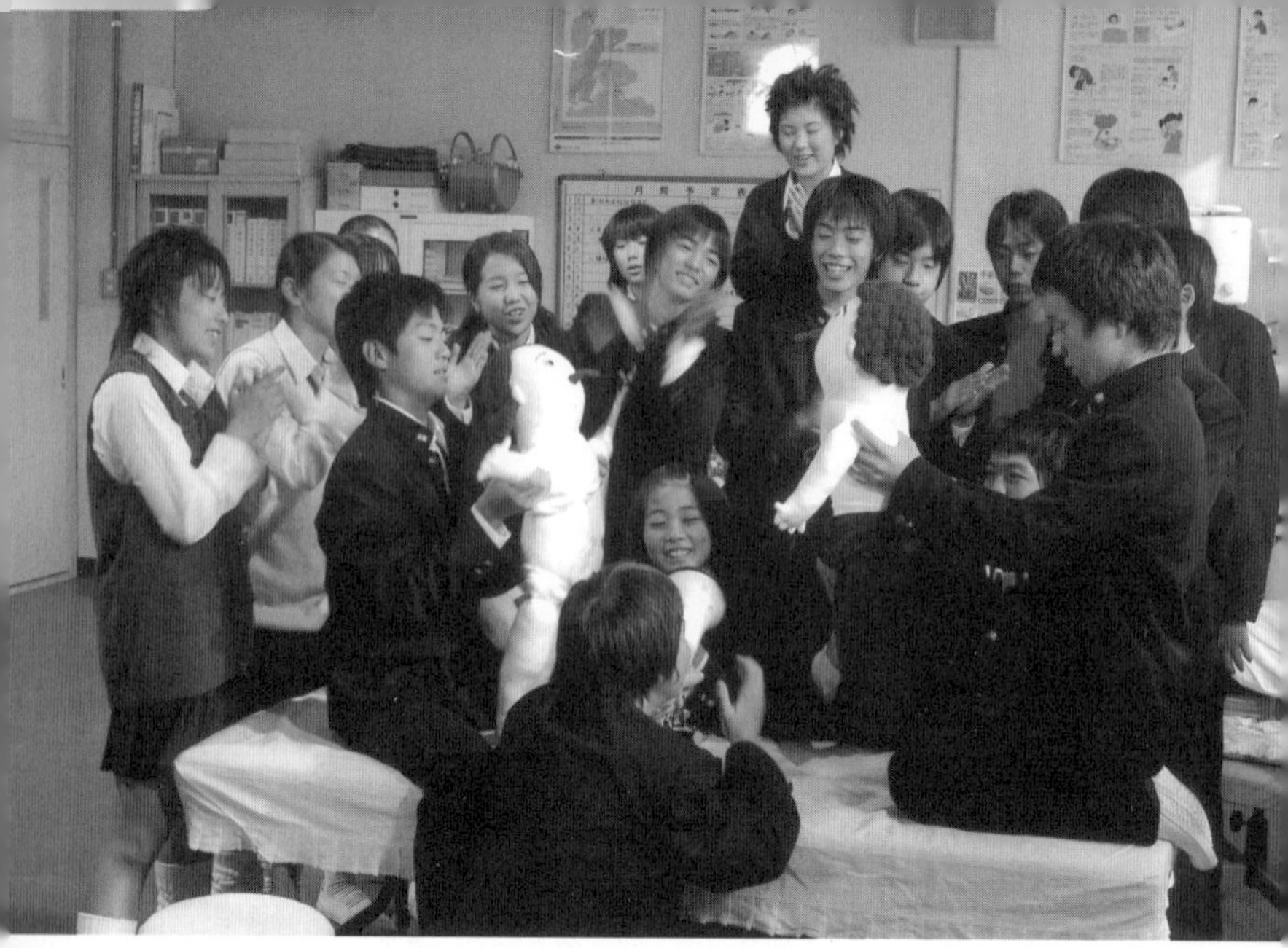

本田先生を嘘の呼び出しで追い出した後、三Bたちは無人の保健室になだれ込み、人形のズボンの中をのぞき込んだりして大騒ぎ。

「こいつ、おケケがはえてるぜ、それによ……」

「キャー、やらしいっ！」

女子の金切《かなき》り声《ごえ》と男子の笑い声のどよめき。

「バーカ、あるもんがなければ、よけいいやらしいじゃん。ほら、サクラちゃんのおっぱい、ふかふかだぜ」

「Dカップ！」

いつもは静《しず》かな保健室が、あっという間に喧騒《けんそう》につつまれた。

「いいから、来てみろよ、早く！」

興奮《こうふん》した隼人《はやと》が、教室に仲間を呼びに戻《もど》ったので、残《のこ》っていた三Bたちも保健室《ほけんしつ》に押《お》しかけ、教室はほとんどからっぽになった。残っているのは英単語のカードをめくっている崇史《たかし》と、そっと崇史を気にしているような玲子《れいこ》、それにしゅうと、やはり時どきしゅうのうしろ姿《すがた》を眺《なが》めている舞子《まいこ》、あとはヤヨのグループだけだ。学級委員《がっきゅういいん》のシマケンがついにこらえきれずに、隼人の後を追って飛び出していくのを見て、もうひとりの学級委員の祥恵《さちえ》は、ヤヨを見た。

「ヤヨも行く?」

小首《こくび》をかしげるヤヨの代《か》わりに答えたのは、しゅうだった。

「やめとけよ」

「えっ」

滅多《めった》にしゃべらないしゅうに声をかけられて祥恵《さちえ》が驚《おどろ》いていると、しゅうがもう一度ひくい声で言った。

「どうせろくな騒《さわ》ぎじゃないさ。ヤヨにパニクられたらどうする?」

「……そうよね」

祥恵は納得《なっとく》したようだった。残りの者も、保健室の騒ぎが気にならぬわけはなかった。しゅうの隣《となり》の崇史がふいに言った。

「しゅう、おまえ、用心深《ようじんぶか》くなったよな」

きっと振《ふ》り向《む》いたしゅうをまっすぐ見返《みかえ》して、崇史は遠慮《えんりょ》なく言った。

「おれは、昔のしゅうが好きだった」

「おれもガリ勉じゃない昔の崇史が好きだった」

「ワタシモ」

驚いてヤヨの顔を見た祥恵は、それがいつものヤヨ独特《どくとく》の模倣《もほう》だとわかって、思わず笑《わら》い出した。ヤヨもうれしそうに笑っている。

「こいつの笑顔《えがお》、いいな」

崇史にはめずらしく、さらりと本音《ほんね》が出た。毎日近くに座《すわ》っているうちに、その素直《すなお》さが伝染《でんせん》したのかも、と思うと、崇史はわれながらおかしくなった。

しゅうは小学校のころの親友だ。やんちゃで目立つしゅうと、おとなしい崇史と、一見《いっけん》、正反対《せいはんたい》の二人はいつも一緒《いっしょ》にいた。教室ではあまり発言《はつげん》しない崇史も、しゅうといるときはよくしゃべった。ひとりっ子どうしの二人にとっては、互《たが》いが兄弟のようなものだった。

ただし、しゅうが黙《だま》って引《ひ》っ越《こ》して行ってしまうまでのことだ。

しかし、学校は変わっていないのだから、引っ越したといっても近くにいるはずだった。

けれど、それ以来《いらい》、しゅうは崇史の家にも寄《よ》りつかなくなった。しゅうの家が倒産《とうさん》したという噂《うわさ》を聞いたのはその後だ。自分を避《さ》けているかのようなしゅうに、気の弱い崇史は何も言うことができなかった。しゅうを心配し、何もできない自分を責《せ》めるとともに、しゅうに捨《す》てられたような気もした。学校はとたんにおもしろくなくなって、崇史はしゅうとの思い出をふりきるように、勉強に没頭《ぼっとう》した。それが、がらんとした教室でしゅうといると、ふと昔にかえったような気がしたのだった。しかし、

「おれには、そんな余裕《よゆう》ねえよ」

しゅうの返事《へんじ》はそっけない。祥恵《さちえ》があきれたように、しゅうと崇史を見くらべた。

「男どうしの会話《かいわ》って変《へん》」

「ヘン」

ヤヨがにこにこと繰《く》り返す。崇史としゅうは思わず苦笑《くしょう》した顔を見合《みあ》わせた。

そうするうちにも、保健室の騒《さわ》ぎはますますエスカレートしていた。衣服《いふく》をはいで裸《はだか》にした人形を手に、お調子者《ちょうしもの》の男子がしなを作ると、みながはやしたてる。

「これから、ワタクシが愛《あい》のレッスンを教えてあげよう」

「シンタロウさまっ」

サクラちゃんを手にした量太《りょうた》が裏声《うらごえ》で応《こた》え、どっと笑い声があがった。

淳《じゅん》に言われた通《とお》り、体育館《たいいくかん》へ行った本田《ほんだ》先生は、校長が見当《みあ》たらないのでふたたび戻《もど》ってくる途中《とちゅう》、廊下《ろうか》で校長を見つけた。

「校長先生、なんでしょうか？」

「はい？」

「私を呼んでいらっしゃったのでは？」

「いえ、特別《とくべつ》に本田先生を呼びつけたり、ご足労願《そくろうねが》うようなことはありませんよ」

本田先生は、呼びにきた淳のもじもじした様子《ようす》を思い出して、はっとした。

「あ、ああ、そうでしたね。私、そそっかしいものですから。聞き間違《まちが》いだと思います」

あわてて訂正《ていせい》する本田先生の様子に、千田校長は眉《まゆ》をつりあげた。

「しかし、私が呼んでいるとだれが言ったのですか。少々気になりますね」

「はい、いえ。保健室《ほけんしつ》にはなくなって困《こま》るようなものは置《お》いてませんけれど、薬《くすり》だけは勝手《かって》に出されたりしたら大変《たいへん》ですので、私、失礼《しつれい》します」

きびすを返して、いそぎ足になる本田《ほんだ》先生のあとを、校長もついてきた。保健室《ほけんしつ》からは、にぎやかな歓声《かんせい》が廊下《ろうか》まで聞こえていた。

本田先生がガラリと戸をあけると、ベッドに腹《はら》ばって二体の裸《はだか》の人形を手にした伸太《しんた》郎《ろう》と量太《りょうた》を取《と》り巻《ま》いていた三Bたちは凍《こお》りついた。

「あなたたち！　何してるの！」

そう叫《さけ》んだ本田先生をぐいと押《お》しのけて、ベッドに突進《とっしん》したのは千田《せんだ》校長だった。校長は伸太郎たちの手から人形をむしりとると、本田先生をにらみつけた。

「本田先生、どういうことですか？　これは！」

「ちがうんです！　それは」

「問答無用《もんどうむよう》です」

「返してください！　それ、預《あず》かりものなんです」

「見えすいた言いわけは聞きません！」

本田先生は、校長にほとんど体当《たいあ》たりして、人形を抱《かか》えこんだ。

「放《はな》しなさいっ」

校長もまた、力ずくで人形を取りあげようとする。その剣幕《けんまく》に驚《おどろ》いて、三Bたちは二人を遠巻《とおま》きにしている。やわらかな人形の手足がちぎれるのではないか、と思った瞬間《しゅんかん》、本田先生が手をゆるめた。千田校長は、荒々《あらあら》しく人形をわしづかみにしたまま、保健室から出て行った。

「待ってください！」

本田先生も、校長の後を追《お》って出た。荒《あ》れ放題《ほうだい》の保健室に三Bたちは取り残《のこ》されたが、みな、口がきけないほど驚《おどろ》いていた。


すぐにチャイムが鳴《な》り、それに続いて校長の声で放送《ほうそう》がかかった。

「こちら校長、先生方に通告《つうこく》します。ただちに職員室《しょくいんしつ》に集合《しゅうごう》してください」

何ごとかと戻《もど》ってきた教師《きょうし》たちが職員室へ入ったのを見とどけると、三Bたちはそっと職員室のドアにはりついて、中の様子《ようす》をうかがった。

集まった教師たちを前に、校長はものすごい勢いでまくしたてた。

「先生方には先日《せんじつ》も行《ゆ》き過《す》ぎた性教育《せいきょういく》はつつしむようにと注意しておいたはずです」

「いえ、私は決して行き過ぎるような教育は」

しかし、校長は本田先生に語《かた》る隙《すき》を与《あた》えない。

「では、この人形は何ですか。こんなものを見せたり触《さわ》らせたりして、今の生徒たちに、寝《ね》た子を起こすようなことをしてはならんのです！」

校長が机《つくえ》にたたきつけるようにおいた人形を見て、驚《おどろ》いたのは金八先生だ。たった今、笑顔《えがお》でよし江《え》を見送《みおく》ったばかりである。校長は憎悪《ぞうお》に近い眼差《まなざ》しを、金八先生に向《む》けた。

「諸先生方は先般《せんぱん》、性器《せいき》をつけたいやらしい人形で性教育《せいきょういく》を実施《じっし》した学校が、都《と》の教育委員会《きょういくいいんかい》から厳《きび》しく指導《しどう》を受《う》け、校長が責任《せきにん》をとらされて、ヒラに降格《こうかく》されたのをご存知《ぞんじ》でしょうっ」

校長の話が、教育ではなく校長としての保身《ほしん》の問題《もんだい》へと移行《いこう》していくと、教師たちはしらけた顔を見合《みあ》わせた。しかし、怒《いか》りに唇《くちびる》をふるわせている校長に、教師らの様子《ようす》を観察《かんさつ》する余裕《よゆう》などない。

「しかるに、まったく、何の目的《もくてき》で本田先生はこのような人形を持ち込んで、生徒たちに腹《はら》を割《わ》らせ、おもちゃ同様《どうよう》に扱《あつか》わせていたのか……」

怒りのあまり絶句《ぜっく》して唇をわなわなとふるわせる校長に代《か》わって、教頭が言った。

「本田先生、ひとこと私に相談《そうだん》してほしかったですね。いったい、どういうおつもりだったんですか」

国井教頭の表情《ひょうじょう》も厳《きび》しかった。卒業生《そつぎょうせい》の美香とよし江が来たことも知らないのだ。

今や同じ教職《きょうしょく》についた教え子が母校《ぼこう》へ相談を持ちかけたのだと知れば、国井教頭も頭ごなしに硬《かた》い態度《たいど》をとりはしないだろう、と本田先生は思う。といって、よし江の名を出すわけにもいかない。

「申《もう》しわけありませんでした。けれど、これはたいへんな誤解でして」

しかし、口を開いた本田先生を校長がすぐにさえぎった。

「いっさい弁解《べんかい》の必要《ひつよう》なし。本田先生は職員会議《しょくいんかいぎ》を経《へ》ずして、現在問題《げんざいもんだい》になっているようなこんな教材《きょうざい》で生徒たちに動揺《どうよう》とおかしな興味《きょうみ》を与えたのです。あとは調査委員会《ちょうさいいんかい》の問題といたします」

校長は話を打ち切るように席を立った。

「それは違《ちが》います！　その人形は」

とっさに金八先生が前に出たが、本田先生がそれを制《せい》してきっぱりと言った。

「いいえ、あずかったのはこの私です。この問題は一度、校長先生にお願《ねが》いしたことだったので、私は受けて立たせていただきます。養護教員《ようごきょういん》には、転出《てんしゅつ》はあっても、降格《こうかく》はありませんから」

「では、証拠物件《しょうこぶっけん》は私が保管《ほかん》します」

校長が憎《にく》にくしげに人形をつかんで、校長室のドアへ向かうと、本田《ほんだ》先生は校長に突進《とっしん》した。

「それだけは、勘弁《かんべん》してください。絶対《ぜったい》に捨《す》てたり切《き》ったり焼《や》いたり、証拠隠滅《しょうこいんめつ》はいたしませんので」

しかしもちろん、校長には一歩もゆずる気配《けはい》はない。校長をかばうように間に立った北《きた》先生が、本田先生をそっと押し戻《もど》した。

「本田先生、私が責任《せきにん》をもって校長と共同保管者《きょうどうほかんしゃ》になりますから」

本田先生は悔《くや》し涙《なみだ》に濡《ぬ》れた顔を両手《りょうて》で覆《おお》って、立ちつくした。その肩《かた》を金八先生が慰《なぐさ》めるようにやさしくたたく。校長の目がチカリと光った。

「坂本先生、けしからん人形教材《にんぎょうきょうざい》など、断《だん》じて許《ゆる》せませんがね、あなたのクラスはいったいどういう生徒の集まりですか」

「は？」

「本田先生をだまして保健室へ入り込《こ》み、こんないやらしい人形で悪ふざけをする。けしからんですな、三年B組は！　まったくなっていない！」

「一部は認《みと》めます、しかし……」

三Bに落《お》ち着《つ》きがないことは金八先生がいちばんよく知っていた。けれども、校長に頭ごなしに否定《ひてい》されると、金八先生もかっとなった。ドアの向こうでは、三Bたちがいっそう聞き耳をたてている。

ひと呼吸《こきゅう》おいて、金八先生は釈明《しゃくめい》に入ろうとした。しかし、すっかり頭に血がのぼっている校長は、もう金八先生の釈明を聞くつもりなどない。

「そうですか。かばいだてするところを見るとあれですか。その実《じつ》、あのでたらめな生徒たちをわざと人形で騒《さわ》がせて、世間《せけん》に変《へん》な噂《うわさ》をながし、私の降格《こうかく》をねらっているというわけですか」

「校長先生！　それはいくら何でもうがちすぎでしょう」

「このことは直《ただ》ちに教育委員会《きょういくいいんかい》に報告《ほうこく》します。よろしいですな。子どもたちの健全《けんぜん》なる成長を願《ねが》うには、こんな人形が果《は》たして要《い》るのか要らんのか、調査委員会ではっきりさせましょう！」

あっけにとられている教師たちの目の前を、千田校長は傲然《ごうぜん》と横切《よこぎ》り、校長室へ消えた。本田先生はこらえきれず、嗚咽《おえつ》をかみころし、小走《こばし》りに職員室《しょくいんしつ》を出ようとして、扉《とびら》の向《む》こうに群《むら》がっていた三Bたちと鉢合《はちあ》わせをした。いつも頼《たの》もしく笑《わら》っている本田先生が目のふちを赤くしているのを見て、三Bたちはうつむいた。ため口《ぐち》の天才の伸太郎《しんたろう》でさえ、言葉が見つからない。金八先生は、しょげかえる生徒たちの背中《せなか》を押して教室へ戻《もど》った。

しんとしずまりかえった教室で、金八先生は生徒たちのやったことをしかりつける気にはなれなかった。一年の少女が人形を抱いてベッドに入ったとき、金八先生は軽い気持ちでそのことをとらえていた。事態《じたい》が大きくなった責任《せきにん》の一端《いったん》は自分の軽率《けいそつ》さにもあるのではないか。沈黙《ちんもく》をおずおずとやぶったのは、最初に人形を見つけた真佐人《まさと》だった。

「本田先生、クビになっちゃうの?」

見ると、三B全員が、心配そうに金八先生の口もとを見つめている。

「さぁね。しかし、本田先生が先生をやめられるかもしれない、と。そういうこともあり得《え》るとしか、今は言えない」

金八先生は弱々《よわよわ》しい笑《え》みを浮《う》かべ、ため息《いき》をついた。

「しかし、きみたちは裸《はだか》の人形がそんなに珍《めずら》しかったのか」

「だってさ……」

口ごもる量太《りょうた》にいつもの元気はまったくない。金八先生はふと思いついて言った。

「この中で銭湯《せんとう》を利用《りよう》しているもの、手をあげてごらん」

突然《とつぜん》の質問《しつもん》に、三Bたちはきょとんと金八先生を見た。毎朝《まいあさ》、シャンプーの香《かお》りをただよわせて登校する生徒こそいても、風呂《ふろ》のない家庭の子はいないのだった。

「なるほど、裸が珍しいはずだ。実《じつ》に気《き》の毒《どく》だなぁ、きみたちは。銭湯には銭湯文化というのがあってね。私が子どもの頃など、湯船《ゆぶね》でバシャバシャ遊ぶと、背中《せなか》に仁王様《におうさま》の刺青《いれずみ》をしょった怖《こわ》いおじさんが必《かなら》ず叱《しか》るんだ。おい、小僧《こぞう》、騒《さわ》いでないで肩《かた》までつかれってね。今度《こんど》はシャワーでジャージャーやってるとね、近所《きんじょ》のガンコ爺《じい》さんが言うんだ。こら、お湯で遊ぶな、もったいないってね。男の子はケツのあなとチンチンのまわりをよく洗《あら》えなんて言うんだ」

「ヤダー」

女子が声をあげるのに、金八先生は笑って答えた。

「いや、それだって、ちゃんと裸のマナーを教えてくださっているんだ。自分のでっけえの見せてくれたりしてな。これも性教育《せいきょういく》だったんでしょう。仕切《しき》りの向《む》こうは女湯《おんなゆ》でさ、同じクラスのエミちゃんの声でも聞こえれば、ドキッとしちゃうんだよな。お母さん、シャンプーないよ、なんてね」

いつの間にか、三Bたちは金八先生の話に聞き入っていた。

「ドキドキして耳をすませてると、近所の駄菓子《だがし》やのおばちゃんがからかう声が聞こえたりしてさ。まあ、エミちゃん立派《りっぱ》に育《そだ》っちゃって、もう、お嫁《よめ》に行けるね、とかなんとか。そうすると、こっちも湯船《ゆぶね》の中で真剣《しんけん》に考えちゃって、おれも立派《りっぱ》に育《そだ》ってんのかなあ。りっぱにお婿《むこ》さんに行けるのかなって、不安《ふあん》になってくる。裸で裸を考える。これも立派な性教育だ。おれたちが子どものころはね、そうやって性教育の場がいっぱいあったんだよなあ……」

三Bたちは、いつも〝オジン〟とバカにしていた金八先生のことを、少しまぶしそうに眺《なが》めていた。金八先生は、相田《あいだ》みつをの言葉を大きく板書《ばんしょ》した。

うまれたときは
まるはだか
死ぬときは　それも捨ててゆく

「相田みつをさんの言葉です。実《じつ》に鮮《あざや》やかな言葉だねえ。私たちは死ぬ時には、この体を捨てていきます。つまり、この体は預《あずか》かりものなんだ。今朝《けさ》、長田弘《おさだひろし》さんの詩を読みました。本を読もう。もっと本を読もう。もっともっと本を読もう……日の光、星の瞬《またた》き、馬の声、川の音……そして私たちの体も実は一冊の本なのです。いのちの物語という一冊の本なんだ。だから、最後まできちんと読むべきです。きみたちは、教材人形《きょうざいにんぎょう》のおなかのなかに入っていた赤ちゃんを見たでしょう?」

量太《りょうた》は自分の手のなかにあるやわらかな赤ん坊の人形をそっと見た。赤い毛糸《けいと》のへその緒《お》がついている。遊んでいるうちにちぎれて、騒ぎのなか、うっかり持ってきてしまったのだった。

「あの姿こそ、きみたちのその体の本の一ページです。それをひっぱりだして、いじって、からかって笑うということは、自分の一ページを汚《よご》したってことになるんじゃないかな。お母さんの体をいじって遊んでふざけて笑ったってことになるんじゃないか。この体は、一〇カ月もの間、きみたちをおなかにかかえて守《まも》り抜《ぬ》いてくださったお母さん、お父さんから預《あず》かったものです。最後までいのちの物語をしっかり読みましょう」

生徒の真剣なまなざしを、金八先生はゆっくりと見渡《みわた》した。一五歳のいのちそのものが瞬《またた》いているような、目の光だった。

「あの教材人形はそのことを教えるための絵本です。今、まだ散《ち》らかしっぱなしになっています。さあ、どうするかね。はい、時間をあげますから、考えてください。ソーラン節《ぶし》がみごとに踊れたきみたちです。もう、できるでしょう。自分たちで考えてください」

そう言い残すと、金八先生は教室を出て行った。

荒らされたままの保健室で、本田先生が放心《ほうしん》したように座《すわ》っていると、ノックの音がして、挨拶《あいさつ》をしながら三Bたちがぞろぞろと入ってきた。淳《じゅん》と真佐人《まさと》が先頭で、三Bたちはきっちりと姿勢《しせい》を正《ただ》すと、本田先生に頭を下げた。

「本田先生、すみませんでした」

本田先生は微笑《ほほえ》もうとしたが、うまくいかなかった。本田先生の答えを待たず、直明《なおあき》の指揮のもとに三Bたちはてきぱきと、保健室の片付《かたづ》けをはじめた。

「みんな、ちゃんともともとあった場所に戻《もど》せよ」

伸太郎《しんたろう》は散らばった人形の服をだまってたたんだ。子どもたちの無言《むごん》の励《はげ》ましが、本田先生には痛いほどわかった。涙ぐんで生徒たちの掃除《そうじ》を見守る本田先生のそばに、量太《りょうた》が寄ってきた。

「本田先生、すみませんでした」

差しだした量太の手のひらには、小さな赤ん坊の人形がのっている。両手でその人形を受け取った本田先生に、量太はもう一度頭を下げた。

「ごめんなさい。先生、がんばってください」

「ありがとう」

本田先生はふるえる声で礼を言うと、いつものように微笑《ほほえ》んだ。

その日、金八先生は自分たちで一歩を踏み出せるようになった三Bたちを誇《ほこ》らしい思いで見送ったのだった。けれども、事件はそれだけでは終わらなかった。放課後、生徒の影もまばらになった校庭に、磨《みが》き上げられた外車が乗りつけた。降りてきたのは血相《けっそう》をかえた玲子《れいこ》の母親の優子だ。優子は玲子を引《ひ》っ張《ぱ》りおろすと、後《うし》ろに従《したが》えて校長室へ向かった。優子の口から人形という言葉が出たとたんに、校長はにこやかな笑顔で封《ふう》じこめようとした。

「その教材のことでしたら、すでに処分いたしましたので、ご安心いただいてけっこうです」

ところが、優子は一歩もひく様子《ようす》がない。国井《くにい》教頭、金八先生、そして本田先生が校長室に呼ばれてくると、玲子はばつが悪そうに目をふせた。そんな玲子の様子にはかまわず、優子がまくしたてる。

「中学生といったら思春期《ししゅんき》のど真ん中です。うちでもこの子にはどれほど神経を使っているのかわからないのに、そんなあやしげな人形を処分したからといってすむ問題ではないと思いますわっ。ＰＴＡ総会でも問題にさせていただきます」

しらけた表情の玲子とは対照的《たいしょうてき》に、校長の額《ひたい》にあぶら汗《あせ》がにじんだ。校長は優子に答える代《か》わりに、金八先生をどなりつけた。

「だから言ったではありませんか！」

校長は立ち上がると、そわそわとその場を行きつ戻りつした。金八先生は校長でも優子でもなく、玲子の横顔をじっと見ている。

「なぁ、玲子。今日、先生、本の話をしたでしょう。その本、汚《きたな》いからといって、きみは読まずに捨てるつもり？　きみのための本なんだけど。わかってくれたと思ったんだけどな」

金八先生の口調《くちょう》は穏《おだ》やかだった。玲子は大きな瞳《ひとみ》をもの言いたげに見開いて、金八先生を見たが黙《だま》っていた。

「それがこれですか！」

校長が自分の机の引き出しから、数冊の本をひっぱり出し、皆の前でふりかざした。エスカレートする、現代の子どもたちの性の問題を扱った本だった。タイトルにセックスという文字を見るなり、優子は悲鳴のような声をあげて、玲子を部屋の外へ追い出した。

「さきほど先生方の机の上から没収《ぼっしゅう》させていただきました。実際、タイトルを口にするのも恥ずかしいこんな本を、よくもまあ自分の職場に持ち込めたもんだ」

金八先生は、その横暴《おうぼう》なやり口にかっとなった。

「校長先生は、私どもの机から勝手に取り出されたのですか！」

「これらの本は現代の性の問題を把握《はあく》するためにとても参考になるもので、決して恥ずかしいものなどではありません」

本田先生も必死で言い返したが、校長には耳を貸《か》すような姿勢《しせい》はまったくない。

「いいえ、先生方がこんな本に興味を持っているから、職員室の雰囲気が不潔《ふけつ》になり、保護者の不安をかきたてるのです！」

校長の決めつけに、金八先生らはあきれているが、優子だけはヒステリックにうなずいている。

「寝た子を起こすなと何度言ったらいいのですか。思春期のたいせつなこの時期、あえて先走《さきばし》った性教育はしない方がよいのです。そ、それを学校経営の責任者として忠実《ちゅうじつ》に諸先生を指導しているこの私をですよ、他校へ追い出し、民間から素人《しろうと》校長を招《まね》きいれようなどと画策《かくさく》している連中はですね、わ、私は断固《だんこ》として……」

そう言いながら、とつぜん校長はずるずるとその場にくずおれた。

「校長先生！」

国井《くにい》教頭と優子が悲鳴のような声をあげる。本田先生が冷静に校長の手首《てくび》をとった。

「みなさん、騒《さわ》がないで！　手を貸して、静かに横にしてください」

騒ぎを聞きつけ、隣りの職員室から先生たちがとんできた。よろめきながらも、もがき、ソファから起き上がろうとする校長を、本田先生が必死に押さえた。

「お願いです。校長先生、じっとして。話さない方が。脈《みゃく》が乱《みだ》れてます。救急車を！」

「口封《くちふう》じをする気かね、こんなところで私の桜中学を理事会にのっとられてたまるか、一般公募《いっぱんこうぼ》の校長と私の首をすげかえようったって……」

なおも起き上がろうとしながら、うわごとのように言う校長の言葉を聞き、北先生がはっと金八先生を見る。

間もなく、救急車が到着して、校長は北先生と本田先生に付《つ》き添《そ》われて、病院へ運ばれていった。この騒ぎで、優子の苦情《くじょう》はうやむやになり、優子もなんとなく校長の同意を得られた気がして、帰っていった。


職員室では、金八先生が、一身《いっしん》に教師たちの視線《しせん》を集めていた。民間校長の話を知っていて黙《だま》っていたというのである。

「校長は民間校長とかをえらく気にしていたようですが……」

ライダー小田切《おだぎり》が無邪気《むじゃき》に問《と》うと、国井教頭は不機嫌《ふきげん》もあらわに吐《は》き捨《す》てた。

「そのことなら、教育委員会にいらした坂本先生にうかがった方が早いと思いますよ。そのことで、校長がどれほど気《き》に病《や》んでおられたか、今度だって、もしものことがあったら、全部坂本先生のせいですからねっ」

「坂本先生、やはりきちんと話してもらわないと」

乾《いぬい》先生にすら厳しい視線《しせん》を向けられ、金八先生は孤立無援《こりつむえん》だ。気まずい空気のたちこめる職員室に、ようやく北先生と本田先生が帰ってきた。嫌《きら》われ者の校長だが、とりあえず、心配な症状《しょうじょう》ではないことを聞き、教師らはほっとため息をついた。

「狭心症《きょうしんしょう》の軽いものだそうです。ただ、かなりお疲れのようなので、病院からはしばらく入院をすすめられたので、あとは奥さんにまかせて帰ってきました」

本田先生の報告を聞いて、国井《くにい》教頭は眉《まゆ》をひそめた。三年の受験がせまり、忙しい時期である。

「しばらくって、どのくらい……？」

「それは、検査結果が出てみないと。一週間とか、ひと月とか……」

「ひと月!?　その間はどうするんです？」

声をあげた教頭に、すかさず北先生が寄りそった。

「それはもう、国井教頭が校長代理ですよ。大丈夫、私たち、みんなでバックアップしますから」

国井教頭の顔は、先ほどまでとはうって変わってはなやいだ感じになった。

その日、教頭が校長代理ならば、自分は教頭代理だと自認《じにん》する北先生は、国井教頭とともに遅くまで職員室に残り、ずいぶんとはりきっている様子《ようす》だった。

金八先生は、早々《そうそう》に保健室へ移動して、長かった一日のことを本田先生と語り合った。

「職員室では言えなかったのですが……」

本田先生が聞いたところによれば、校長の狭心症の原因のひとつに、安定剤《あんていざい》の服用のしすぎがあったということだった。保健室に薬をもらいに来るようなことはなかったかと、本田先生が病院で医師にきかれたのだという。しかし、校長は、金八先生たちの知る限り、人前《ひとまえ》で薬を飲むことすらなかった。

安定剤と誘眠剤《ゆうみんざい》を、校長はかかりつけの医師からもらっていた。よほど、一般公募《いっぱんこうぼ》の民間校長のことが心配なのだろう。このところ、不眠症《ふみんしょう》でなかなか眠れず、一緒に服用《ふくよう》していた抗鬱剤《こううつざい》とともにだんだん薬の量が増えていく千田《せんだ》校長の様子《ようす》に、奥さんも心配していた矢先《やさき》の発作《ほっさ》だったという。

職員室では横暴《おうぼう》でワンマンな千田校長は、教育長の前では別人《べつじん》のように腰《こし》が低い人物に変身《へんしん》する。実のところ、千田校長がとても気の小さい人物であることを、金八先生は知っていた。不安にたえきれず、ずるずると薬の量が増えていったのだろう。金八先生は千田校長のもう一つの顔をまざまざと見た思いで、本田先生の話を聞いていた。

日もとっぷり落ちて、夜の校舎はぐっと冷《ひ》え込《こ》む。ようやく帰宅《きたく》しようかと、金八先生が昇降口《しょうこうぐち》にまわると、私服に着替《きが》えた玲子《れいこ》が立っていた。長い間そこにいたのか、寒《さむ》そうに肩《かた》をちぢめている。

「お、どうした」

「お母さん、あんなことを言っていたけど、私……」

うつむいたまま口ごもる玲子に、教室での覇気《はき》はない。時どき人を見下《みくだ》すようなしゃべり方をする玲子は、けっこう無理をして突っぱっているのかもしれない、と金八先生は思った。

「ん、わかってるよ」

金八先生がにこにこしてうなずきかけると、玲子は驚《おどろ》いたように目をあげた。

「え、なんでわかった……んですか?」

「先生はいっぱい本を読んできたからさ。生徒という本をいっぱいね。玲子ももっと本を読もう。もっともっと本を読もう、な」

玲子の顔いっぱいにすがすがしい笑顔がひろがった。それは金八先生を一瞬《いっしゅん》にして幸せにする一五歳の笑顔だった。

「はい、失礼《しつれい》します」

玲子はぺこりと頭を下《さ》げると、スカートをひるがえして夜の学校を走り出て行った。

Ⅱ　たった一人の友だち

父と二人暮らしだという孝太郎は金八先生の前で買ってきたコンビニ弁当を食べ始めた。その孝太郎に「シンナーだけはやめろ」と語りかける金八先生。

千田《せんだ》校長の入院は思いのほか、長びいた。校長は早く学校へ戻らなければと焦《あせ》るあまり、自己流のリハビリを行ってふたたび軽い発作《ほっさ》を起こしたのだった。北先生が毎日、登校前に病院へ行っていると聞き、教師らはしらけた顔でその報告を聞いた。

本田先生が見舞《みま》いに行っても、校長には会えなかった。幸《さいわ》い、国井《くにい》教頭ははりきってテキパキと仕事をこなし、本田先生の調査委員会の話も立ち消え、学校では目立《めだ》った問題も起きることなく、平穏《へいおん》に日々《ひび》がすぎていった。

しかし、それは桜中学の中だけのことで、夜回り隊としてこのあたりをパトロールしている遠藤先生は、安穏《あんのん》としてはいられなかった。行き場を失って夜の町をふらついている少年たちに浸透《しんとう》していくドラッグの勢《いきお》いは、想像以上に早かったのだ。

以前は、ドラッグは子どもたちの手の届《とど》くところにはなかった。ところが今では、未成年の、ドラッグを買う金ほしさの万引《まんび》きや恐喝《きょうかつ》、あるいは売春《ばいしゅん》といった事件が新聞に出る。校長は寝た子を起こすなというが、もはや子どもは寝てはいないのだと、パトロールをする遠藤先生は思う。大人が寝ている間に、子どもたちがどんどん闇《やみ》の世界にひきずられていってしまう。その力は、学校だけではとうてい太刀打《たちう》ちできないほど強かった。しかし、今ではローテーションを組んで活動する夜回り隊の中に、同じ町に住み、事業などをしている桜中学の卒業生も多く参加し、遠藤先生はその交流をけっこう楽しんでもいた。

乙女目当《おとめめあ》てでしょっちゅうすりよってくる遠藤先生から、金八先生も夜回り隊での体験談をよく聞かされていて、孝太郎《こうたろう》と和晃《わこう》が知らずにマリファナを吸って以来、危機感を抱いていた。一時期、和晃が困ったような顔で孝太郎を無視していたことがあったが、二人はまた仲直りしたらしい。行きも帰りも休み時間も、二人はいつもいっしょだ。金八先生が声をかけると、けむたそうな顔で、それでも挨拶《あいさつ》だけはするようになっていた。

ところがある夜、金八先生は和晃といっしょではない孝太郎を見かけた。授業の準備で帰りが遅くなった日のことだ。予備校帰りの幸作《こうさく》とばったり会って、二人で話しながら帰っていくと、前の方でわめき声をあげる少年の群《む》れがある。ぎょっとして暗《くら》がりをすかし見ると、高校生のようだ。それぞれが缶を手にしている。金八先生は酔《よ》っているのかと思っていたが、隣《とな》りの幸作が言った。

「父ちゃん、あれ、シンナーだよ」

「えっ」

缶を片手にふらふらしている少年の一人を見て、金八先生は驚《おどろ》いた。

「孝太郎……」

まるで、金八先生のつぶやきが聞こえでもしたかのように、孝太郎《こうたろう》は夜空《よぞら》をあおいで高笑いをしたかと思うと、猛然《もうぜん》と駆《か》け出した。金八先生はカバンを幸作《こうさく》に押しつけると、後を追った。

「シンナーなら警察の問題だよっ！」

息子の声を後ろに聞きながら、金八先生は走った。向こう側から、やはり、孝太郎を追いかけて懸命《けんめい》に自転車をこぐ少年を見て、金八先生はさらに驚《おどろ》いた。深刻《しんこく》な顔をしたしゅうだった。しかし、金八先生の顔をみとめるなり、しゅうはくるりと向きをかえて、逃げるように走り去った。

金八先生はとにかく孝太郎を追ったが、大柄《おおがら》な一五歳の少年に勝てるはずもない。すぐに息があがり、奇声《きせい》をあげながら疾走《しっそう》する孝太郎の背中《せなか》はまたたくまに見えなくなってしまった。ゼイゼイと息をきらして道端《みちばた》にしゃがみこんだ金八先生はなかなか立ちあがることができない。

「危《あぶ》ねえぞ、こら！」

バイクの男が悪態《あくたい》をつきながら、脇《わき》をかすめていった。しかし肩《かた》で息《いき》をしている金八先生は立ち上がることができない。すると、向こうからにぎやかな中学生の一団《いちだん》がやってきた。塾《じゅく》が終わったのだろう。

「やだ、あんなところにホームレスがいる」

「近寄《ちかよ》るなよ」

「でも、服はちゃんとしてるぜ。オヤジ狩《が》りにあったらかわいそうだよ」

中学生たちはひそひそと話しながら近づいてきた。金八先生のよく知っている声だ。

「おじさん、ねえ、おじさんってば」

中でもいちばん勇気のあるらしい少女が、緊張した声をかけてきた。金八先生は勢いをつけてなんとか立ち上がり、玲子《れいこ》に言い返した。

「おじさんじゃありませんっ」

「わ、金八先生じゃん。何してんの、こんなところで」

驚きの声をあげたのは、崇史《たかし》、哲史《てつし》、奈穂佳《なおか》、シマケンら、同じ塾に通うグループだった。金八先生は、返事の言葉をにごし、服についた砂をはたいた。

「変なヤツがいたからさ、追っかけてたんだよ。さ、もう遅いから早く帰んなさい。変なヤツ、いっぱいいるから、な」

三B秀才組は、どこか釈然《しゃくぜん》としないながらも、素直《すなお》に挨拶《あいさつ》して帰っていった。

翌朝、金八先生は落ち着かない気持ちで出勤《しゅっきん》したが、三Bの教室はいつもと変わりなく、しゅうと孝太郎《こうたろう》の姿もそこにあった。金八先生はいつものように用意してきた相田みつをの言葉を黒板に貼《は》る。

花はただ咲《さ》く
ただひたすらに
ただになれない　人間のわたし

「谷間《たにま》の百合《ゆり》は、誰も見ていなくても、季節がくれば、少しの駆《か》け引きもなく、いのちいっぱいに咲いているね。それなのに、とかく人間は、人が見てくれないと一生懸命になれない……」

金八先生の話に懸命《けんめい》に耳を傾けているものは少なかった。哲史《てつし》や崇史《たかし》は塾の宿題らしきものを机にひろげているし、孝太郎は後ろの席《せき》でとろんと眠《ねむ》そうな顔をしている。

授業終了のチャイムが鳴ると、金八先生はなにげない調子《ちょうし》で孝太郎を呼んだ。

「ほんのちょっと話があるんだけど。放課後、保健室へ来てくれないか」

「うん、わかった」

孝太郎はあっさり答えた。

しかし、保健室に孝太郎は現れなかった。はじめから、来るつもりはなかったのかもしれない。そういえば、出会ったときから、堂々《どうどう》と教師を無視する生徒だった。授業を妨害《ぼうがい》したり、派手《はで》な身なりで気をひいたりということもない。金八先生は、無類《むるい》のゲーム好きだということ以外、孝太郎のことをほとんど知らないことを、今さらながら痛感《つうかん》した。


孝太郎はいつものように和晃《わこう》とじゃれあいながら、帰っていた。三年生はもう部活もない。受験の存在がだんだん大きくなってきて、生徒たちにとって、友だちと歩く帰り道は息抜《いきぬ》きの時間だ。三Bたちは、話をしたり、じゃれあったりしながら、なるべくゆっくり土手《どて》の道を歩く。

その中でしゅうだけは、相変《あいか》わらず一人ぼっちで、少し群《む》れからはずれて歩いていた。学校の前で、ヤクザの車に待《ま》ち伏《ぶ》せされてからというもの、しゅうにとっては登下校の道ですら、心の休まる間はなかった。

前方に、茶髪《ちゃぱつ》に派手《はで》なサテンのベンチコートをなびかせたグループがいるのを目にしたしゅうは、一瞬《いっしゅん》身《み》を固《かた》くした。高校生くらいの不良グループに、見覚《みおぼ》えがある。昨夜、暗《くら》がりで孝太郎《こうたろう》といっしょにシンナーをやっていた連中だ。暇《ひま》をもてあましているのか、夜の町で、塾帰りの子どもにからんでいるところを見かけたこともある。

前を歩いていた三Bたちも、警戒《けいかい》したようで足をとめた。ところが、不良高校生風の一人が、まっすぐ、孝太郎の方へやってくるではないか。仲間のように孝太郎の肩にぐるっと腕をまわして、孝太郎をつれていこうとする。それを、和晃《わこう》が止《と》めようとする。相手が相手なだけに、いつもは元気なサンビーズも遠巻《とおま》きにしている。不安そうに見守る中学生には見向きもせず、不良グループは孝太郎を連れて、斜面を下の道の方へ降りていく。そのあとを追いすがった和晃の腕を、グループの一人がつかむと、強く横に振った。小柄《こがら》な和晃はひとたまりもなく道端《みちばた》へ転《ころ》がされた。孝太郎が自分にまわされた腕をふりはらって和晃に駆け寄ろうとするが、何にしても相手の人数が多すぎる。

「そいつは、関係ないっすよ！」

孝太郎の怒鳴《どな》り声が聞こえてくるが、高校生らは和晃をいたぶるのを楽しんでいる感じだ。

「どうしよう……」

迷っている三Bの群れから、駆け出していったのは有希《ゆき》だ。

「有希ッ」

有希はまっすぐ和晃のところへ駆《か》けていった。

「おいっ、やめろよ」

「なんだ、おまえ」

すごんだ高校生の腹に、有希の跳《と》び蹴《げ》りがきまった。かっとなってとびかかろうとする相手に、有希は正面から構《かま》えの姿勢《しせい》をとった。

「空手二段なんだけど、やるの?」

土手《どて》の上から歓声《かんせい》と野次《やじ》がとぶ。いつのまにか、かなりの人だかりができていた。もめているのが見えたのか、走ってきた黒い車が有希たちの横で止まった。中から出てきたのは、派手なシャツにサングラスのヤクザ風の男だ。

「おまえら、何やってんだ?」

威張《いば》っていた高校生たちは、とたんにこのヤクザ風の男に最敬礼《さいけいれい》だ。助手席から、もう一人の男が降《お》り立ち、こちらは、高校生には見向きもせず、見物《けんぶつ》の三Bたちの顔をねちっこく眺め回しながら近づいてきた。

しゅうの顔から血の気《け》がひいた。しゅうは、そばにいた舞子《まいこ》の腕をとると、斜面《しゃめん》の逆がわへ強引《ごういん》に走り出した。舞子の足がもつれて、二人は斜面の途中《とちゅう》から組み合ったまま転《ころ》がり落ちた。舞子は驚《おどろ》きのあまり、目をいっぱいにみひらいたまま、口がきけないようだ。


「……ごめん」

「しゅう、いったい、どうしたの？」

われにかえったしゅうは、きまりが悪く、ぺこりと頭を下《さ》げると、舞子や追ってきたあすかたちを残して、走り去った。


しゅうの行くところ、行くところ、二人組の姿がちらつくようになってきた。このあたりの中学をしらみつぶしにあたっているらしい。しゅうを探すためとなったら、関係のない舞子や崇史《たかし》たちにも、暴力をふるわないともかぎらない。

今や、しゅうが頼れるのは、チャイルドラインの電話番号だけだった。孤独《こどく》に耐《た》えきれなくなると、しゅうは人気《ひとけ》のない河原《かわら》の木陰《こかげ》に行き、ケータイのボタンを押した。

「今日、友だちに悪いことをしちゃったんです。けがをさせるようなことではなかったんだけど、もしかしたら、巻《ま》き添《ぞ》えにしてしまったかも」

「けんか、かな？」

「ぼくはもう追い回されるのはいやなんです。そんなことで、友だちに迷惑《めいわく》かけたくないし」

「そうねえ」

「小学校のときは楽しかった」

「そう？」

チャイルドラインにつながる声は、いつもやさしかった。その顔のない母親のような声を聞いていると、しゅうの胸にはなつかしさがこみあげてくるのだった。

「小学校のときは、友だちもたくさんいたし、夏休みには必ず家族旅行をしたし、ぼくはクラスでは人気《にんき》もあって、先生にもかわいがられていたし……」

「ええ。今の先生は何か言ってるの？」

しゅうは、金八先生の顔を思い浮《う》かべた。朝、変な冗談《じょうだん》を言いながら声をかけてくるときのくしゃくしゃの笑顔。そして、このまえ、二人組をやっとやりすごして遅れて教室に入ったときの、無断《むだん》の遅刻《ちこく》をとがめる厳《きび》しい顔。

「……今度の担任は、話を聞いてもらえそうだと思ったのに、だめでした、ぼくのこと、好きじゃないみたいで……」

そう言いながら、しゅうの喉《のど》には自分でも予期《よき》していなかった涙のかたまりがこみあげてくる。しゅうは、あわてて礼を言うと電話を切った。目を閉《と》じると、頭の中で、どこまでも優《やさ》しいチャイルドラインの声、目をむく二人組の顔、至近距離《しきんきょり》で見た舞子《まいこ》の澄《す》んだ瞳《ひとみ》、シンナーの入れものをふりまわす孝太郎《こうたろう》、発作《ほっさ》を起こして目線《めせん》のさだまらない父の顔などがぐるぐるとまわった。

しゅうの不安をなぞるかのように、この下町もだんだん物騒《ぶっそう》になっていた。しゅうの家だけが転落《てんらく》したのではない。この数年で、しゅうたちが小学生の頃とは明《あき》らかに、周囲が変わっていた。しゅうを追いかけているチンピラとヤクザ、そして不良グループは、ドラッグの糸でつながっていた。しばらくして、「麻薬汚染《まやくおせん》の高校生逮捕《たいほ》」の見出しが、新聞の片隅《かたすみ》に載《の》った。記事の中に書かれた通りの名に、三Bたちの親は眉《まゆ》をひそめた。子どもたちが、塾帰りに通ってくる道だからだ。

崇史《たかし》の父親も例外ではない。荒川《あらかわ》を見下《みお》ろす高層《こうそう》マンションの朝の光がいっぱいに差し込む食卓《しょくたく》で、靖史《やすし》は一人息子の崇史に言った。

「近頃《ちかごろ》は子どもがこんなものに手を出すのかね。おまえに限ってそういうことはないと思うが、ドラッグだけは絶対に手を出してはいかんよ。ほんの小さな誘惑《ゆうわく》につまずくと、一生棒《ぼう》にふるし、まわりもどれだけ傷つくか」

「はい、わかりました」

崇史は素直《すなお》に言って、立ち上がった。

「行ってきます」

「気をつけてね」

母親がにっこり笑って玄関で送り出してくれた。崇史にはドラッグの種類も知らなかったし、やってみたいと思ったこともなかった。

逮捕された高校生たちから〝ゲームよりも面白い〟ものを買わないかと誘われていた孝太郎は、あやういところで闇《やみ》に引きずりこまれずにすんだ。が、孝太郎は、簡単に手に入るシンナーを覚《おぼ》えつつあった。

その日の朝、朝寝坊《あさねぼう》の和晃《わこう》を起こしに二階の部屋へあがってきた和晃の母親の律子《りつこ》は悲鳴《ひめい》をあげた。布団《ふとん》の上には和晃《わこう》が孝太郎《こうたろう》と抱き合うようにしてだらしなく眠っていたからだ。母親の声に和晃はぼんやりと目をあけたが、孝太郎は大きな体を長《なが》ながと伸《の》ばしたままだ。律子はそのあたりのものを手にとると、孝太郎の体をたたきまくった。

「コラーッ、起きろ！　コラーッ」

さすがその大声に目を覚ました孝太郎が、怒りにこわばる律子の顔をしらっと見上《みあ》げた。

「出て行けーっ、さもなきゃ警察を呼ぶよっ」

あまりの剣幕《けんまく》に、孝太郎はのっそり立ち上がって出て行こうとすると、和晃も一緒についていこうとする。律子はあわてて、息子《むすこ》の襟《えり》がみをつかんだ。

「和晃はいいのっ、ここはおまえの家！」

和晃を引《ひ》き寄《よ》せた律子は、ぎょっとなった。

「これ、何のにおい？　臭《くさ》いわよ、この部屋。いやだ、シンナーのにおいじゃない！」

律子はわめきながら、窓《まど》を開《あ》け放《はな》った。朝の冷気《れいき》が急に流れ込んできて、和晃と孝太郎は寒さに思わず身を寄せ合った。それを見た律子は、真っ赤になって、孝太郎の頭をたたきまくった。

その日、三Bの教室には和晃の姿がなかった。孝太郎は空席の横に手持《ても》ち無沙汰《ぶさた》に座《すわ》っている。不良グループと一緒にいるところを見られて以来、「孝太郎はヤバイ」という噂《うわさ》が立ったが、ちょっと注目を浴《あ》びて、孝太郎はまんざらでもない様子《ようす》だ。シンナーの話を教えてやりたい気持ちだったが、しゅうや直明《なおあき》とまた殴《なぐ》り合いになるのは面倒《めんどう》なので、親友の和晃にだけ教えた。

授業はさっぱりわからなかった。乾《いぬい》先生が次つぎに繰り出す数式《すうしき》は、孝太郎にとっては呪文《じゅもん》のようなものだ。ふだんでも授業中は退屈《たいくつ》だが、話しかける和晃がいない学校はいっそう灰色《はいいろ》だ。乾先生の前の席で、崇史《たかし》と哲史《てつし》がせっせとノートをとっているのを、不思議なものでも見るように、孝太郎は椅子《いす》にふんぞりかえったままぼんやり見やっていた。

授業が半《なか》ばまできて、突然、金八先生が入ってきた。金八先生は乾先生に目礼《もくれい》し、それから、ちょっと微笑《ほほえ》んで崇史を手招《てまね》きした。

「崇史、ちょっと来てくれないか」

「はい……」

その頃、職員室は異様《いよう》な緊張《きんちょう》に満《み》ちていた。崇史の父親が経営する商事会社《しょうじかいしゃ》、小塚物産《こづかぶっさん》が覚せい剤密輸《みつゆ》で摘発《てきはつ》されたというのである。動揺《どうよう》した声で母親から、とにかく崇史《たかし》を家へ帰してほしいと連絡が入ったのだ。母親自身も、事態《じたい》がよくのみこめず、パニックに陥《おちい》っているらしい。無理もない。ほんの二、三時間前までは平穏無事《へいおんぶじ》で、ドラッグなど自分たちとは別世界のこととして家族で話したばかりなのだ。ともかく、金八先生はタクシーを呼んでいっしょに崇史の家まで付《つ》き添《そ》っていくことにした。

タクシーの中で金八先生が話しかける声は、ほとんど崇史の耳に入らないようだった。何かの間違《まちが》いだと、崇史は自分に言い聞かせていた。自分の父親にかぎって、覚せい剤の密輸などに関《かか》わるはずがない。タクシーがマンションの前につくと、崇史はだっと、駆け出し、エレベーターのボタンをもどかしい思いで何度も押した。

五階に上がり、自宅の玄関を開けたとたん、崇史は打ちのめされた。玄関には見知らぬ黒い革靴《かわぐつ》が並び、家の中には忙《いそが》しく戸棚《とだな》や引き出しをあさる白い手袋《てぶくろ》をはめた男たちの姿があったからである。居間《いま》のテーブルの前に座《すわ》った母親のいっきにやつれた顔は、いやなニュースが嘘《うそ》ではないことを語《かた》っていた。崇史の顔からみるみる血の気《け》がひいていった。

「それでは奥さん、ご主人の書斎《しょさい》から捜査資料《そうさしりょう》として二箱《ふたはこ》、あとは奥さんの家計簿《かけいぼ》と領収書《りょうしゅうしょ》の類《るい》をお預《あず》かりしていきます。確認よろしいですね」

捜査員《そうさいん》の口調《くちょう》はていねいだが、有無《うむ》を言わせぬ厳《きび》しい響《ひび》きがある。崇史は不安なまなざしを母親に向けたが、芳子《よしこ》はふだんとは別人《べつじん》のように放心《ほうしん》している。行きがかり上《じょう》、立ち会い人になった金八先生が、仕方なくダンボールを確認《かくにん》しようとすると、崇史が大声をあげて、中に割《わ》って入った。

「待ってください！　僕の父は麻薬を人に売って、その人がダメになるのに平気で貿易したりはしません！　これは絶対に何かの間違いなんだ！」

息子の必死の抗議《こうぎ》をきいて、芳子がこらえきれず、嗚咽《おえつ》をもらした。崇史もまた、理不《りふ》尽《じん》な成《な》り行《ゆ》きに涙まじりで叫《さけ》んだ。

「いったい、どんな証拠があるんですか！　父の留守《るす》に、証拠もはっきりしないのに父の大事な書類を勝手に持ち出させるわけにはいきません！」

「しかしね、小塚物産《こづかぶっさん》が輸入したものの中に、現物《げんぶつ》があったんだよ」

「でも、それは……」

「だから、それがどういうルートで日本に上陸したのか、それを調べるのが私たちの仕事で、調査の結果、関係のない書類は間違いなく返却《へんきゃく》します」

捜査員の言葉は明快《めいかい》で、そして冷たい。崇史は地団駄《じだんだ》をふんだ。

「そうじゃないんだ。ぼくが言ってるのは、父はそんなことをやる人間じゃないということなんだ。何を証拠に父を犯罪者だと決めつけて……」

「お父さんは今、任意《にんい》で事情聴取《じじょうちょうしゅ》に応じてもらっている。何がどうなったかは、これから明《あき》らかになるでしょう。今後の問題はそれによって決まります」

捜査員はあくまで冷静だ。芳子がすがりつかんばかりになってたずねた。

「……主人、今日は帰れないのですか。刑務所に入れられてしまうんでしょうか……」

横から、金八先生が代《か》わって答えた。

「いえ、お母さん、いきなり刑務所なんてことはありえないですよ」

それから金八先生は崇史《たかし》の方に手を置き、言った。

「崇史、大丈夫だよ。きみのお父さんのことだ。きっと何かの間違いだよ」

「けど、今夜は帰れないって」

「いや、お父さんはご自分から、警察に事情を話してくださっているんだよ。信じて待とうよ、崇史のお父さんは麻薬の商売をするような人ではないってことを、な」

金八先生が抱《かか》えた腕の中で、崇史の肩のふるえはなかなかとまらなかった。けれども、

「僕のものにさわるな！」。自分の部屋まで調べるという捜査員にくってかかる崇史を必死に押さえる金八先生。

捜査はまだ全部すんだわけではない。

「それではすまないけれど、今度はきみの部屋をちょっと見せてもらうよ」

「僕の？　あんたたち、ぼくまでクスリをやっているとでも思ってるのかよ！　冗談じゃないよ！　ぼくのものにさわるな！」

捜査の行《ゆ》く手をふさごうと暴《あば》れる崇史を、金八先生と芳子が必死《ひっし》でおさえた。捜査員は芳子に目で会釈《えしゃく》すると、崇史の部屋へ入っていった。

マンションの入口には早くも人だかりができていた。金八先生から連絡を受けた幸《こう》作《さく》は、ひそひそと噂話《うわさばなし》をする人の間をぬって、急いで崇史の家へやって来た。幸作が到着したとき、崇史は部屋へ閉《と》じこもったきり、出てこようとはしなかった。芳子はまだ、ぼう然《ぜん》としている。金八先生は幸作にあとを任《まか》せると、崇史の様子《ようす》を気にかけつつ、再び学校へ戻っていった。

白昼《はくちゅう》、住人《じゅうにん》たちが見守る中、捜査員たちは帰っていった。ニュースにも出るだろう。崇史の家のことがみなに知れるのは時間の問題だ。職員室では、事《こと》がはっきりするまでは生徒たちには伏《ふ》せておこうということになったが、そんな話し合いも三分後には無駄《むだ》になっていた。机の上に、数学のノートをひろげたまま、休み時間になっても崇史が帰ってこないので、好奇心いっぱいの雄子《ゆうこ》が様子《ようす》を見に行って、職員室の会話を立ち聞きしてしまったのだ。雄子はすぐさま大スクープを教室へ持ち帰った。

「覚せい剤!?」

ショッキングなニュースに三Bたちはとびついた。

「それってヤバくない？　でも、覚せい剤とドラッグってどうちがうの？」

「知るか、崇史《たかし》にきけばいいじゃん」

「崇史、きっと頭冴《さ》え冴え薬をつかってたんじゃん？」

「やっぱりぃ？」

一人が茶化《ちゃか》すと、テレビを見ているような感覚で、みなが興奮気味《ぎみ》にしゃべり始める。

しゅうは、空になった崇史の席を黙《だま》って見つめていた。崇史はついに学校へ戻ってこず、金八先生が荷物を取りに来たが、くわしいことはわからなかった。

家に帰り、なるべく音をたてないように、自室へ入ったしゅうは、崇史のことを考えていた。しゅうは、ケータイに入れてある崇史のアドレスを呼び出した。

『どんなことがあってもおまえは負けるな　しゅう』

少し間があってしゅうのケータイの着信音が鳴った。

『どんなことがあってもと言ったけど、おまえに何がわかるんだ。崇史』

しゅうは、しばらくメールの画面を見つめていた。気が小さく、正義感の強い崇史はどんなにかショックを受けていることだろう。

実際、捜査員たちが帰ったあと、崇史は自室にこもりきりだった。母親の芳子は時間とともになんとか気持ちをたてなおして、部屋の外からしきりと声をかけたが、崇史は返事もしなかった。

「大丈夫かな。繊細《せんさい》すぎるっていうか、神経細そうな子だよね。学校でからかわれたりしたら、最悪じゃん」

ずっと留守番《るすばん》をしていた幸作は、崇史のかばんと夕食用の弁当を買ってやって来た金八先生に言った。崇史の部屋のドアは、ぴたりと閉《し》められたままだった。

崇史《たかし》のメールを読んだしゅうは、じっとしていられずに、夜になって外へ出た。自転車をこぐペダルにひたすら力をこめて、いろいろなことを忘れたかった。けれど、走り回っているうちに、いつの間にか昔の自分の家の近く、崇史のマンションのそばへ来ていた。

「がんばれよ、崇史。おれもがんばるしかないんだ……」

しゅうは、明かりのついた崇史の家の窓を見上げ、そう祈りながら、しばらく崇史の心に寄り添っていた。

マンションの前に黒塗《くろぬ》りの車が停《と》まった。しゅうは反射的に身を隠した。車から降《お》り立ったのは、しゅうも幾度《いくど》か見たことのある崇史の父親だった。肩を落とし、憔悴《しょうすい》しきった表情なのが遠目《とおめ》にもわかった。送ってきた男の横顔を見て、しゅうはさらに目をこらした。弁護士をしている舞子《まいこ》の父親だ。しゅうの父親が事件を起こしたときにも、舞子の父には ずいぶんと世話《せわ》になったので、よく覚えている。今回も、すぐに舞子の父が、相談に乗ってくれたに違いない。しゅうは少しほっとして、再び舞子の父を乗せて走り去っていく車を、テールランプが闇《やみ》に消えていくまで見送っていた。

小塚物産《こづかぶっさん》の密輸《みつゆ》事件は、崇史の父のまったく知らないところで、社員が〝売人《ばいにん》〟をやっていたものだった。麻薬Gメンにはすでに目をつけられていたらしく、東南アジアから輸入した食品の箱に税関《ぜいかん》で発信機《はっしんき》をつけられ、会社のストックルームに入ったところを踏み込まれて、食品の入っているはずのびんの中から袋入りの覚せい剤が見つかったのである。

社員がひそかにやっていたことで、崇史の父がかかわっていなかったことは証明できたが、小塚物産の名前がこんな形でマスコミに出てしまった以上、今後の見通しは暗かった。取引先との信用回復等、会社の建て直しにどれほどかかるかわからない。

崇史はこれほど憔悴《しょうすい》しきった父親の顔を見たことがなかった。部屋の隅《すみ》で、両親の話に聞き耳をたてていた崇史は、マスコミという言葉を聞いて、飛び上がった。

「テレビや新聞にうちの名前が出たら、僕たちはどうなるの！」

「何も変わりません。お父さんがかかわっていないことがわかれば、誰にもびくびくすることはないのよ」

しかし、そう言ってなだめる母の声は、頼りない。崇史はますます感情をたかぶらせて叫んだ。

「そんなこと言ったって、ぼくはとても平気な顔で学校へなんか行けないっ。何も悪いことしないのに、ぼくは何も悪いことしないのに、なんでこんな目にあわなきゃならないんですか！」

父は打ちのめされた顔で、崇史《たかし》を見るだけだった。


翌日、三Bの空席は二つになった。ところが、欠席した和晃《わこう》の代わりに、母親の律子《りつこ》が学校へ怒鳴《どな》り込んできた。応対《おうたい》したのは、校長代理の国井《くにい》教頭だ。校長の机にすまして座《すわ》っている国井教頭に、律子はつめよってクラス替《が》えをせまった。

「お願いします。あの孝太郎《こうたろう》という子と一緒にしておいたら、うちの和晃はどんなことをするかわかりません」

「どんなことって、どんなことです？」

そう聞かれて、律子は一瞬言葉につまった。シンナーのことで、内申書《ないしんしょ》に傷がついては大変だと思ったのだ。

「だ、だから、つまりあちらの家は子どもを放《ほう》りっぱなしだから、ゲームしたさにうちの和晃にダニみたいにくっついて離れないんですよ。その上、ゆうべは勝手にあの子の部屋に泊まりこんでいて、私はもう恐ろしくて、恐ろしくて……」

律子はヒステリックに両手をもみあわせた。しかし、国井教頭は泰然《たいぜん》と校長の広い机をなでて、愛想《あいそう》のいい微笑《びしょう》すら浮《う》かべている。

「それが、クラス替えをしたら直るとおっしゃるのですか？」

「それじゃ、親がどれほど困って心配しても何もしてくれないっていうの！」

律子はいらだちのあまり、教頭がなでていた机を思いきり叩《たた》いた。

「いえ、そういうわけではありませんが……」

「何よ、気どりまくって！　あんたじゃラチがあかないから、校長さんに会わせてよ。校長先生はどこなの！」

「校長はただいま、病気療養《りょうよう》中です。ですから、この私が……」

「あんたじゃ話にならないわよ。子どもを持ったこともないくせに、母親の心配がわかってたまるもんですか！」

律子はそう言い捨てると、怒りのあまり口をパクパクさせている国井教頭をおいて、校長室を飛び出した。

金八先生は授業中と聞いて、律子はまっすぐに三Bの教室へ向かった。ガラリとドアをあけると、見慣《みな》れぬ闖入者《ちんにゅうしゃ》に、金八先生も三Bたちも驚《おどろ》いて、律子《りっこ》を見た。が、律子はかまわず、獲物《えもの》を探《さが》す目で教室を見渡《みわた》すと、人さし指をまっすぐに孝太郎《こうたろう》へつきつけた。

「坂本先生！　あの悪ガキをこらしめてください！　そして和晃《わこう》をたすけてください！」

「い、いったいどうなさったんですか」

「あの子を放《ほう》り出してくれるまで、私は、家から一歩も和晃を出しませんからねっ」

こっけいなほどいきり立っている律子を見て、目の前に座《すわ》っていた典子《のりこ》がけらけらと笑った。

「やだ、そんじゃ和晃は監禁《かんきん》されてるんだ」

「そうですよ。それしか、私にはあの子を守る方法がないんですからっ」

律子を眺《なが》める三Bたちの目にはありありと好奇心が浮《う》かんでいる。和晃と孝太郎の仲の良さを知らないものなどいない。直明《なおあき》は、とてつもない悪者になっているらしい孝太郎にたずねた。

「おまえ、あいつに何したんだ？」

「マリファナ、吸わせたんだよね」

孝太郎より早く、雄子《ゆうこ》が答え、律子の眉《まゆ》がつりあがった。

「雄子！　おまえはなんてことを！」

金八先生が叫ぶのにかまわず、みなが口ぐちに話し出す。

「だって、このまえ、二本吸ったって、いばってたじゃん」

「それで、しゅうと大バトルしたじゃん」

「ひょっとして、孝太郎って売人《ばいにん》？」

「そっかぁ。それで、崇史《たかし》も監禁されてるんだ」

真佐人《まさと》が言うと、突然、玲子《れいこ》が机を叩《たた》いて叫んだ。

「なんで、崇史が監禁されなきゃなんないのよ！」

「だって、小塚物産《こづかぶっさん》って、崇史のパパの会社だよ。今朝《けさ》のテレビ見なかったの？」

「だから、どうだってのよ！」

火のように怒る玲子に、今度は浩美《ひろみ》が油をそそぐ。

「先生！　この子、崇史にホレてるの。だから頭にきてんの」

キッとふりむいた玲子と浩美の視線がぶつかって、火花が散った。

「そうよ！　あんたよりずっとホレてるわよ。だから、崇史の悪口は許さない。先生、そうでしょ！　崇史は何もしてないのに、ひどいこと言われたり、孝太郎と一緒にされたらあんまりだわ！」

「おれが、崇史《たかし》に何をしたって言うんだよ！」

とんだ濡《ぬ》れ衣《ぎぬ》を着せられた孝太郎《こうたろう》が、吠《ほ》える。

「崇史じゃない！　和晃《わこう》にだ！」

三Bたちの話をいらいらしながら聞いていた律子《りっこ》が、孝太郎の席へ行こうとするのを、金八先生はあわててとめた。すると、突然、ヤヨが立ち上がる。以前のように、パニックに陥《おちい》るのでは、と三Bたちは一斉に緊張してヤヨを見つめた。が、ヤヨは落ち着いたゆっくりとした口調《くちょう》で、律子に言った。

「静カニシマショウ」

あっけにとられている律子に、ヤヨはにっこり笑って、満足そうに再び席についた。

「ヤヨ、えらい！」

量太《りょうた》が拍手《はくしゅ》した。さすがに、律子も決まりが悪く、金八先生に促《うなが》されて、いったん廊下に出た。

しんとしたなか、伸太郎《しんたろう》が後ろを振り返り、わざとらしく感心して言う。

「そうかぁ、玲子《れいこ》は崇史にホレてたんだなぁ」

冷《ひ》やかしの口笛《くちぶえ》がとんだ。その瞬間、いつも強気《つよき》な玲子が、ぱっと机に突《つ》っ伏《ぷ》した。

「あーらら、泣かしちゃった」

そういうあすかの声も、からかいを含《ふく》んでいる。

「よせよ。くだらない話にすんな」

それまで黙っていたしゅうが、有無《うむ》を言わせぬ低い声で突き刺《さ》すように言った。口笛がぴたりとやんだ。金八先生や直明《なおあき》が驚いてしゅうを見つめている。しゅうはその視線に気づきながら、わざと目を合わせないでいた。

帰りがけ、いつものように一人で歩いていたしゅうは、玲子に呼び止められた。面倒くさそうに振り向くしゅうに、玲子はぺこりと頭を下《さ》げた。

「今日、たすけてくれてありがとう」

「べつに」

玲子だからわざわざ助け舟《たすぶね》を出したわけではなかった。崇史がたいへんなときに、ふざけたり茶化《ちゃか》したりするような話を聞きたくなかっただけだ。玲子は、しゅうの目を探《さぐ》るように見つめている。

「会った？」

「え？」

「崇史《たかし》に会ったんでしょ」

「いや」

そっけないしゅうの返事を聞くと、玲子《れいこ》はがっかりした顔をした。

「昔、あんたたち、仲良しだったじゃん。だから……」

「昔は昔。あいつ、今は誰にも会わないだろ」

「でも、もし会ったら、これ渡して」

玲子は小さな封筒《ふうとう》を持った手をしゅうに差し出した。が、しゅうは黙ってちらりと封筒に目をやっただけで、受け取ろうとはしない。

「心配してる、元気出してって書いてあるの」

「そういうものは、自分で渡せよ」

しゅうは玲子にくるりと背を向け、すたすたと歩いて行った。

金八先生はその夜、監禁《かんきん》されているという和晃《わこう》の顔を見に、和晃の家のゲーム店に寄った。律子《りつこ》は驚いて、けれど嬉しそうに金八先生を和晃の部屋へ通した。

和晃は、パジャマ姿のまま、布団《ふとん》の上に正座《せいざ》していた。

「もうこの通りで、ハンストなんです」

律子が弱りきって、ふくれっつらの和晃を指した。見ると、机の上には夕食が手つかずのまま、盆《ぼん》にのっている。

「外へ出してくれなきゃ、ごはん食べないと言って……」

「ふうん、そうか。でも、腹へってるんだろ?」

金八先生の問いに和晃はこっくりとうなずいた。

孝太郎とは今後つき合わせない、クラスも替えてほしいと言う母親に、和晃はハンストで抵抗。「先生、おれたちを切り離さないで！」

「だったら、どうして食べてくれないの？　ひと口でいいから食べてちょうだい。あんたは小さいときからあまり丈夫《じょうぶ》じゃなかったから、私は心配で心配で」

母親がかきくどくと、和晃はますます唇《くちびる》を固《かた》くひきむすんだ。金八先生はくすりと笑って言った。

「そうか。和晃は親不孝《おやふこう》なんだ」

和晃がふたたびうなずき、おろおろするばかりの律子に、金八先生は余裕《よゆう》の微笑《びしょう》で答えた。

「大丈夫《だいじょうぶ》ですよ、お母さん。自分で親不《おやふ》孝《こう》だとわかっている子にはほんとうの親不孝はいません」

「先生……」

「ですから、お願いです。明日は学校へよこしていただけませんか」

律子《りつこ》は迷《まよ》っているようだった。孝太郎《こうたろう》と一緒にさせるのは困るが、ハンストをされるのも困る。

「だから、クラス替《が》えをしてくだされば……」

「約束はできませんが、努力してみます」

心の中ではそんなつもりはみじんもなかったが、金八先生はこの場かぎりの適当《てきとう》な返事をした。ところが、それを聞いた和晃《わこう》は叫《さけ》び声をあげた。

「やだ！」

驚《おどろ》いて、金八先生が和晃の顔を見ると、和晃はめがねの奥でぼろぼろと涙をこぼしている。

「あいつ、変なやつだけど、友だちだから」

すぐに律子が反対しようとするのを抑《おさ》えて、金八先生は和晃に向き直った。

「そうか、孝太郎は和晃の友だちなんだ？」

「先生、おれたちを切り離さないで！　切り離したら死んじゃうよ。たった一人の友だちなんだ」

金八先生の袖《そで》を握《にぎ》りしめて必死で訴える和晃の肩を、金八先生はやさしくたたいた。

思いがけず目にした和晃の涙は、金八先生の胸を温《あたた》かくした。金八先生はそのぬくもりを持って、孝太郎の家を探《さが》し訪《たず》ねていった。近所まで来ると、ちょうどコンビニから出てきた孝太郎に出くわした。

「孝太郎！」

「お」

孝太郎は特別驚《おどろ》いた様子《ようす》もなく、そっけない返事をかえした。

「お、じゃないだろ。それ、晩飯《ばんめし》か？」

金八先生は、孝太郎が下《さ》げている袋をのぞきこんだ。四角いコンビニ弁当が一つだけ入っている。

「うん」

なんとか打ちとけようと、金八先生は孝太郎《こうたろう》と並んで歩き出した。

「ケチだな。自分の分しか買わないのかよ」

「だって、誰もいねえもん」

「誰もって?」

「オヤジ、夜の警備だから朝じゃねえと帰らないし」

「お袋《ふくろ》さんは?」

「妹を連れてとっくに出てった」

金八先生はどきりとして、孝太郎の横顔を見たまま言葉につまった。強がりなのか、あきらめなのか、孝太郎の口調《ちょう》はふだんとまったく変わらない。

「……じゃ、一人なのか?」

「和晃《わこう》がいるじゃん」

その言い方が、あまりにあっさりとしていて、金八先生はあらためて切り離されたら死んじゃうといった和晃の言葉がわかる気がした。大事にされている和晃にしても、孝太郎が家族以上の理解者なのかもしれなかった。

「けど、今は和晃に会わせてもらえないんだろ?」

「会おうと思えば会えるサ」

孝太郎はにやっと笑って答えた。甘えることを忘れてしまったかのような孝太郎の姿に、金八先生はなんと言ってよいかわからなかった。

教室では自分から話しかけてくることはもちろん、金八先生が呼びかけても返事すらなかなかしない孝太郎だったが、とくべつ金八先生を嫌っているというのではないらしかった。それどころか、孝太郎は金八先生がついてくるのにまかせ、人気のない自宅に金八先生を招き入れた。いかにも男所帯《おとこじょたい》らしい殺風景《さっぷうけい》なアパートだ。孝太郎は水道の蛇口《じゃぐち》からコップに水を汲《く》むと、座っている金八先生の前にポンと置き、自分は買ってきたコンビニ弁当を食べ始めた。

「うまいな、おまえんちの水」

金八先生は孝太郎に礼を言い、しばらくその食べっぷりを眺《なが》めていた。そして、片時《かたとき》もゲーム機器を手放《てばな》そうとしなかった孝太郎、一人でシンナーを吸って夜空を仰《あお》いでいた孝太郎の孤独を知らなかった自分を悔《く》いた。

「孝太郎、シンナーだけは絶対やめろ」

孝太郎はまったく無視して、箸《はし》を動かしている。

「もちろん、マリファナもダメだ。けど、シンナーは脳みそのみそを早く溶《と》かしちまう。一回、縮《ちぢ》んだ脳みそは、元には戻らないんだから」

ちょうど、即席《そくせき》の味噌汁《みそしる》を口にふくんでいた孝太郎《こうたろう》は、飲むのをやめて金八先生をにらんだ。

「みそ、みそって言うなよ」

「いや、おまえの脳みそは、ただでさえ人よりちっと少なめじゃないかって、先生心配してたんだぞ。それがもっと少なくなってみろ。ものを考える力だってなくなって、おまえの好きなゲームだってできなくなるんだぞ」

「ほんとかよ！」

「ほんとだ。だからシンナーだけは絶対にやめなさい。やめれば、和晃《わこう》の母ちゃんだって、ああはうるさく言うはずないから。それでいちばん喜ぶのは和晃だろ。あいつ、おまえのことをたった一人の友だちだって言ってたぞ」

「あいつが、そう言ったのか?」

孝太郎ははじめて金八先生の顔をまともに見た。

「ああ、言ったとも。孝太郎、シンナーなんかやめて、正々堂々《せいせいどうどう》とあの母ちゃんから和晃をゲットしろよ」

孝太郎の箸《はし》がとまったのを見て、金八先生は立ち上がった。

「水、ごちそうさん。それから、これ、和晃がおまえに渡してくれって」

金八先生はコートのポケットから新しいゲームソフトを出すと、孝太郎の弁当の横においた。

「和晃のやつ、孝太郎はたった一人の友だちなんだって、泣いてたぞ。じゃ、戸じまり気をつけてな。よく噛《か》んで食べろよ」

金八先生が玄関口からもう一度食卓の方を振りむくと、ゲームソフトをにぎりしめて座っている孝太郎の背中《せなか》がふるえているように見えた。


大切に思う友だちがいるなら大丈夫、そう思って、金八先生は夜道《よみち》をずんずん歩いていった。崇史《たかし》の家は、孝太郎の家とは逆の方角《ほうがく》だ。会ってくれるかどうかはわからないが、ともかくは母親から様子《ようす》だけでも聞けるかもしれないし、ドアの外からはげましてやることだってできるかもしれない。

崇史は、朝、両親にくってかかっただけで、その日一日ほとんど口をきかずに過ごした。夜になって自室の電気をつける気になれず、ベッドに寝転《ねころ》んだまま、壁《かべ》をにらんでいた。ケータイが鳴って、開いてみるとしゅうからの着信だ。崇史《たかし》はそっと通話ボタンを押してみた。

「もしもし」

聞きなれたしゅうの声だ。けれど、崇史は声が出なかった。

「おれ。出て来いよ」

「……ムリだよ」

「近くにいるんだ。川っぷちで待ってる」

しゅうの声はそれだけ言って、電話が切れた。崇史は少し迷ってケータイを見つめていたが、コートをとって外へ出た。


金八先生が夜の冷たい風を切りながら、土手《どて》の道を歩いてくると、こうこうと明るく照らされたマンションのエントランスを背に、長身の崇史の姿が見えた。小走《こばし》りに近づいた金八先生は、かけようとした声をのみこんだ。崇史がまっすぐに歩いていく先に、自転車をひいたしゅうが立っていたからだ。二人は合流《ごうりゅう》すると、肩を並べて歩き出した。街灯《がいとう》に照らされた、仲のよい後ろ姿を見送って、金八先生はもと来た道を引き返していった。

Ⅲ　追いつめられて

「おまえら、中学生か」、比呂の家のさくら食堂で打ち上げをしていた３Ｂたちの前に「丸山という中学生を探している」というヤクザが入ってきた。

「行こうぜ」

マンションから出てきた崇史《たかし》に、しゅうはそう言うと、自転車を引いて歩きはじめた。

何を聞かれるかとかまえて出てきた崇史は拍子抜《ひょうしぬ》けしたような、ほっとしたような気分で、しゅうに歩調《ほちょう》をあわせた。けれども、しゅうはずっと無言《むごん》のまま、ずんずん歩いていく。崇史の心の中に次第《しだい》に不安の黒雲がたちこめてくる。

「どこまで行くんだ?」

「すぐそこさ」

しゅうは前を向いたまま、歩みをゆるめようとしない。仕方なく、崇史も黙《だま》ってしゅうについていった。新興住宅地《しんこうじゅうたくち》を通り過ぎ、古い町並みのはずれの方まで来て、しゅうは突然立ち止まった。

「ここだ」

「え」

崇史がきょとんとしていると、しゅうは、斜面の下の日当《ひあ》たりの悪い一角《ひとすみ》に立つ、古びた家を目で指《さ》した。

「おれんち。引《ひ》っ越《こ》したところさ」

玄関に明かりもなく、雨戸《あまど》を閉めきった家は、垣根《かきね》も破《やぶ》れたままで人の気配《けはい》が感じられない。しゅうの家の転落《てんらく》を目の前にして、崇史は何も言えなかった。しゅうは、崇史の顔を見ずに斜面を下《お》りていった。家の前に立つと、薄暗《うすくら》がりに半壊《はんかい》のトラックがうかびあがり、崇史はぎょっとした。前半分がほとんどつぶれていて、フロントガラスもない。しゅうは、玄関には向かわずに、慣《な》れた動作《どうさ》で、へこんだ車体に足をかけるとトラックの屋根の上によじのぼった。

「来いよ」

しゅうの差し出した手をとり、崇史も言われるままにトラックによじのぼった。トラックの屋根の上は案外《あんがい》に高い。そこに腰をおろすと、昔のままに曲がりくねった細い路地《ろじ》をずっと遠くまで見通すことができた。

無言《むごん》の崇史を見て、しゅうがふっと笑ったようだ。それが、崇史には妙になつかしく思われた。しゅうは相変《あいか》わらず黙《だま》ったまま、ポケットからリンゴを取り出して崇史に差し出した。とまどう崇史にかまわず、しゅうは自分の分も取り出して、赤い皮に歯をたてた。

崇史は、小さい頃、しゅうの母親がよく、おやつに大きなお皿に小さく切ったリンゴをたくさんのせて出してくれたことを思い出した。りんごには色とりどりのピックが刺さっていた。ほんの数年前のことが、ずいぶん昔のことのようだ。しゅうと並んで、崇史《たかし》も無言《むごん》で果実に歯を立てた。甘酸《あまず》っぱい香りが口いっぱいに広がる。二人はしばらくの間、黙々《もくもく》とリンゴをかじり続けていた。

金八先生の家庭訪問のあと、和晃《わこう》はふたたび学校へ出て来るようになった。けれども、崇史の席は事件以来、ずっと空席のままだ。金八先生は崇史の母親と相談し、幸作《こうさく》が毎朝つづけているジョギングに崇史を誘うことにした。けれども、いざ、幸作が玄関まで迎えに行ってみると、崇史は気分が悪いと言って部屋にこもってしまう。結局、崇史は一度も幸作と走ることはなく、いつも、部屋の窓から走り去っていく幸作の後ろ姿をうしろめたい思いで見送った。

あれほど熱心に勉強していた崇史は、定期試験にもついにやって来なかった。学級委員のシマケンは、毎朝交替で崇史を迎えに行くのはどうかと提案したが、皆があまり乗り気にならなかった。それ以上に話がすすまなかったのは、小学生のころの話だ。崇史は自分からその気にならなければ、きっと来ない。友だち関係の悩みならまだしも、崇史が背負《せお》った理由が三Bたちには重すぎた。崇史を悪く言う者はなく、みなが崇史に同情していた。

しかし、崇史を教室へ引っぱり出すいい案もない。覚せい剤の密輸などという事件に巻き込まれた崇史をどう慰《なぐさ》めたらいいのか、三Bたちにはわからなかったのである。

「玲子がトップをきって迎えに行ってやれよ、ホレてんだろ」

片思いの玲子は唇をきゅっと結び、心ないひやかしの言葉を無視していた。けれども、ニュースは伝わるのも早いが、忘れられるのも早い。小塚物産《こづかぶっさん》の名がマスコミに登場したときには、崇史の話題でもちきりだった三Bたちも、日がたつにつれ、次第《しだい》に崇史の欠席に慣《な》れていった。

三Bの中でただ一人、しゅうだけが、皆の知らないところでひんぱんに崇史に会っていた。放課後、しゅうは崇史の家の近くまでやってくる。しゅうからケータイに呼び出しがかかったときだけ、崇史はマンションの外へ出かけていった。

しゅうにとっても、今では一日の中で発する言葉のほとんどが崇史との会話だった。孤《こ》独《どく》だったしゅうもまた、崇史の存在に助けられていた。押しつぶされそうな不安と恐怖の日々の中で、崇史といる間だけはやすらぐことができたからだ。

二人はよく、しゅうの家の前のトラックによじのぼり、屋根の上で話をした。しかし家の中には、崇史は一度も入ったことがない。しゅうが決して家の中へ入れようとしなかったからだ。そのことに何となく不自然さを感じつつも、崇史《たかし》はあえて詮索《せんさく》しなかった。とつぜん、貧乏になった友だちを恥じ入らせたくなかったのである。

とくべつ話がはずんだ日など、崇史は翌日には学校へ行くと約束する。しかし、朝になると、その勇気は消えてしまう。迎えに来たしゅうのケータイには、崇史からの謝りのメッセージが入っていた。

『今日は一緒に登校するつもりだった。でも、やっぱりごめん　崇史』

『わかった。じゃあな　しゅう』

しゅうは、崇史を責《せ》めることなく、一人で登校し、夕方にはまた崇史に会いに行くのだった。崇史は、しゅうから三Bの話を喜んで聞いた。

今、三Bでいちばん熱い話題は、スペシャルオリンピックスの日本縦断五〇〇万人トーチランだ。三Bたちがサポートランナーとなって、トーチ・ランナーのヤヨの周りをかためて一緒に走ることになっていた。三Bたちの多くが、この日のために代《か》わるがわるトーチランの練習場に集まり、つかの間、受験のことを忘れて、走ったり、掛け声の練習をしたりした。障害のある子どもたちの扱いに、初めは腰《こし》がひけていた三Bたちも今ではすっかり馴染《なじ》んで、懸命《けんめい》に走るアスリートたちに拍手《はくしゅ》や声援《せいえん》をおくっていた。サンビーズが中心になって、掛け声には三Bオリジナルの振りつけが考えられた。

〝ウイ　アー　ザ　トーチラン！〟

文化祭のときの一体感がよみがえってきて、本番が近づくにつれ、練習に熱が入り、最終日にはほぼ全員が集まった。

櫻中学周辺のトーチラン前日、崇史の抜けた教室で、三Bたちはヤヨにエールをおくった。

「がんばれ、がんばれ、ヤヨ！
　走れ、走れ、ヤヨ！」

量太《りょうた》と伸太郎《しんたろう》が音頭《おんど》をとり、ヤヨはクラスメートの拍手《はくしゅ》を浴《あ》びて、うれしそうだった。

金八先生もにこにこしてその様子《ようす》を見守りながら、このイベントが崇史《たかし》を教室を呼び戻すチャンスかもしれないと思った。

放課後、金八先生は崇史をたずねようと、家に電話をかけた。電話に出たのは母親の芳《よし》子《こ》で、崇史はしゅうの電話で出かけて留守《るす》だという。金八先生は意外《いがい》な返事に驚き、しゅうの家をたずねることにした。崇史に会えればちょうどいいし、しゅうに話を聞けるかもしれない。

しゅうと崇史は、いつものようにトラックの屋根の上で、タコヤキをつつきながら話していた。しゅうの家の倒産《とうさん》のことも、崇史の家の麻薬の事件も、相手に隠《かく》す必要がないと思うと気が楽だった。昼間でも閉《し》めきられているしゅうの家の二階の雨戸《あまど》を見るともなく眺《なが》めている崇史に、しゅうはふいにたずねた。

「オヤジ、大丈夫か?」

「どういう意味?」

「……変わったことがなきゃ、それでいいさ」

崇史は、正体《しょうたい》なく酔《よ》っぱらった父親の姿を思い浮かべて、眉《まゆ》をしかめた。

「オヤジさ、毎晩遅くにぐでんぐでんに酔《よ》って帰ってくるんだ……会社の方も大変なんだろうけど、親戚《しんせき》まで文句を言ってきてたまんないよ」

「でも……酒より夫婦げんかの方がいやだな」

ぽつりと答えたしゅうの言葉には、どきりとさせるリアリティがあって、崇史は思わずしゅうの顔を見た。しゅうもまた、ほこりっぽい二階の雨戸を見つめていた。崇史は今も川べりのマンションのきれいな部屋に住んでいるが、しゅうがあの瀟洒《しょうしゃ》な一軒家からこの古びた小さな家へ引《ひ》っ越《こ》すまでには、崇史の知り得《え》ない苦悩《くのう》があったに違いなかった。

これまでは、自分を避《さ》けるようになったしゅうに裏切られたと思っていたが、実はしゅうを見捨てたのは自分の方ではなかったか。毎日、隣《とな》りの席に座《すわ》っていたのに、しゅうの苦しみに寄《よ》り添《そ》ってやれなかった。それなのに、しゅうは気を悪くしたりせず、変わらないやさしさをもって誘《さそ》いにきてくれる。そう思うと、崇史は何も言えなかった。

しゅうは、さとすように続けた。

「おまえのオヤジもおれのオヤジも、自分が悪いことをしたんじゃない。やられたんだ。だから、そうつらく当たるな」

そのあと一瞬《いっしゅん》の沈黙《ちんもく》があって、しゅうは一気に吐き出すように言った。

「おれのところは酒じゃなくてクスリだった」

「クスリって……ドラッグ？」

崇史《たかし》が驚いて聞き返すと、しゅうはゆがんだ顔をさっとそむけた。

「それで？」

しゅうは答えなかった。崇史は、金八先生が教室でドラッグの話をしたときのしゅうの反応を思い出した。どれほど長い間、しゅうは苦しんできたのだろう。以前だったらなかなか信じられなかったかもしれないが、今の崇史は、ドラッグが意外《いがい》なほど身近《みぢか》にあることを身にしみて知っている。そして、ふとしたはずみに、足をすくわれてしまうと、あとは、転落《てんらく》があるだけだ。あれほど明るく見えた将来が、あっという間に不安の闇《やみ》の中に閉《と》ざされてしまう。ほんのこの間までは、しっかり勉強して志望校へ入ることだけを考えていればよかった。実際、最近の模試《もし》では、難関《なんかん》の開栄《かいえい》も合格圏内に入っていて、周囲の期待が大きいのを崇史は感じていた。けれども、今は、父も母も崇史の受験どころではない様子《ようす》だ。自分たち家族はこれからどうなっていくのかと思うと、崇史は勉強も手につかない。となりに座《すわ》っているしゅうのぬくもりを感じているときだけが、ほっとする時間だった。

崇史の気持ちの動きを察《さっ》したのか、しゅうはいたわるように声をかけた。

「学校には出てこいよ。そのうち行きにくくなるぞ」

「……ああ、わかってる」

崇史も明るくそう答えた。実際、しゅうの隣《とな》りの席にまた帰れそうな気がする。

なつかしいような夕暮《ゆうぐ》れのにおいだ。二人がのんびりと町を眺《なが》めていると、道の向こうから、一人の男がこちらへ向かって歩いてくる。ふくれたカバンを肩に下《さ》げ、やけにきょろきょろ辺《あた》りを見回しているその男が金八先生だとわかったとき、二人はとっさにトラックの屋根に腹ばいになった。

「あ、ここだ、ここだ」

ひとりごとを言いながら、金八先生はまっすぐしゅうの家へ近づいてきた。

「うへっ、すげえな」

半壊《はんかい》のトラックの横を通り過ぎるとき、金八先生がそうつぶやくのが聞こえ、しゅうと崇史はいっそうぴったりと身を寄せ合って、息をころした。

「こんばんは、ごめんください。……ごめんくださ〜い、桜中学から来ました。もしもし、丸山さん」

家の中から返事はなく、ドアは閉《と》ざされたままだ。金八先生は少し、後ろへ下《さ》がると二階の窓へ向かって大声で呼びかけた。

「おーい、しゅう。しゅうもいないのか?」

しゅうの手のひらにはじっとりと汗がにじんだ。崇史《たかし》も身を固《かた》くしている。やがて金八先生があきらめて帰っていくと、ふたりはふたりだけの秘密に顔を見合わせてくすりと笑い、屋根からおりた。夕闇《ゆうやみ》はすっかり濃《こ》くなり、空にはわずかな星がかすかにまたたいている。

翌日のトーチランは、朝から晴れ上がり、真っ青な空に、赤い横断幕《おうだんまく》がくっきりと映《は》えていた。三Bたちはそろって、ボランティアサポーターの証《あか》しでもある赤いランベストとバンダナを身につけ、大はりきりだ。大通りは三Bたちと同じ、赤いベストを着た人びとでいっぱいだ。商店街の人びとや桜中学の教師、卒業生の姿も見える。朝早くから集合していた三Bは、ヤヨのまわりをかためて立ち、前のアスリートがトーチをかかげて走ってくるのを今か今かと待ち構《かま》えていた。伸太郎《しんたろう》、量太《りょうた》、祥恵《さちえ》などは自分がトーチランナーになったかのように緊張している。舞子《まいこ》は何度もしゅうの姿を探したが、集合時間を過ぎても、しゅうは現れなかった。

やがて、掛け声と歓声が近づいてきて、小さなアスリートの姿が見えた。炎のゆらめくトーチをかかげ、町の消防団の男たちに囲まれて走ってくるのはダウン症の男の子だ。脇《わき》

いよいよトーチランの日、前のアスリートからヤヨのトーチに炎がうつされると、いっせいに歓声があがった。３Bたちに支えられ輝いて走るヤヨ。

でサポートしているのは、養護学校の青木先生だった。今では三Bたちも、顔半分を赤アザに覆《おお》われた青木先生に慣《な》れていて、二人の姿が見えるとわっと拍手《はくしゅ》で迎《むか》えた。

ヤヨのトーチに炎がうつされる。皆が、いっせいにトーチの先を見つめた。青空をバックに炎が勢いよく燃え上がると、三Bたちは歓声をあげた。

「いくぞ、ヤヨ！　消防団に負けるな」

「ウィー　アー　ザ　トーチラン！　トーチラン！　トーチラン！」

オリジナルの振りを入れながら、ひときわにぎやかな中学生の群れが走り出した。乙女《おとめ》と幸作も一緒だ。

「がんばれ、ヤヨ！」

自分の声に、同じ激励《げきれい》の声が重なりあって聞こえ、金八先生が思わず横を見ると、自分より頭ひとつぶん背の高い青木先生だった。いつも乙女からうわさを聞いてはいるが、まだ話したことはない。金八先生はといえば、乙女をとられるような気がして、過剰《かじょう》に意識してしまい、家では青木という名を聞いただけで不機嫌《ふきげん》になるくらいだ。二人ははっと顔を見合わせたが、金八先生はすぐにまた目をそらせた。

練習の成果もあって、ヤヨは安定した足どりで、三Bたちとともに自分の区間を走りきった。ヤヨの手から次のランナーへ炎が移される。

走り出した次の集団をヤヨたちは拍手《はくしゅ》で送り出した。こうして、知的発達障害《ちてきはったつしょうがい》のある人たちを軸に、複数に分けられたトーチの炎は五〇〇万人の人々の手で日本を縦横断《じゅうおうだん》していくのである。ヤヨの母親の昌恵《まさえ》は、ヤヨがすっかりみんなの中にとけこんでいる姿を目にして、瞳《ひとみ》をうるませながら、三Bたちに深《ふか》ぶかと頭を下《さ》げた。けれど、このトーチランで大きな贈り物を得たのは、三Bたちもまた同じだった。

朝からの緊張でさすがに疲れたらしいヤヨは、昌恵につきそわれて家へ帰って行った。しかし一体感をあじわった三Bたちはなかなか離れがたく、塾のある者などはそれでも抜けていったが、多くが比呂《ひろ》の家のさくら食堂での打ち上げへとなだれこんだ。

「あれしか走らないのに腹へったなあ」

伸太郎《しんたろう》は旺盛《おうせい》な食欲《しょくよく》でラーメンをおかわりした。

「おれは大福《だいふく》！」

「焼きそばも！」

「あいよ！」

三Bの男子の食べっぷりに目を細め、比呂の母親の和枝《かずえ》がはりきって腕をふるう。比呂は母親の作った料理を厨房《ちゅうぼう》からどんどん運んできた。せまい店内はいっぱいで、皆は肩を寄せ合いながらラーメンをすすり、笑いあった。中学生のはしゃぐ声はおもてまでよく響《ひび》いている。すると、食堂のドアがガラリと開き、人相《にんそう》の悪い二人組が顔を出した。ひと目見てヤクザとわかる風貌《ふうぼう》に、三Bたちのおしゃべりはぴたりと止まった。男たちは何も言わずに、鋭《するど》い目つきで三Bたち一人ひとりの顔を点検《てんけん》するように見た。

そこへ奥から顔を出した和枝は、二人組の顔を見て、はっとなった。以前もここへやってきて〝丸山という中学生〟を探していたヤクザだったからだ。和枝はひきつった笑顔を見せながら、子どもたちをかばうように前へ出た。

「すいませんね、今日はこの通り、貸しきりでして」

しかし、男たちは和枝には目もくれずに、三Bたちに詰《つ》め寄《よ》った。

「おまえら、中学生か」

「そうですよ」

和枝《かずえ》が代《か》わって答えた。

「こっちはガキに聞いてんだっ」

「こっちは、娘の同級生でみんな顔見知りだから教えてやったんだ！」

和枝も負けじと言い返したが、その声はふるえている。男の一人が近くにいた真佐人《まさと》のちょんまげを乱暴につかんだ。

「桜中学かい？」

髪をひっぱられて爪先立《つまさきだ》ちになった真佐人は、やっとのことでうなずいた。

「何年生？」

「さ、三年生」

このままではしゅうが危ないと思った和枝は、急いで口をはさんだ。

「ちょっと！　お兄さんたちが探している子はいないって。このまえ、中学の先生も言ったでしょ。お願いだから、子どもたちを怖《こわ》がらせるようなことはしないでちょうだい!」

男が邪魔《じゃま》だてする小柄《こがら》な和枝に目をむいたので、直明《なおあき》がとっさに声をあげた。

「おばさん、おれたち、大丈夫だから」

「そうよ。探してるって、どんな子?」

祥恵《さちえ》も助太刀《すけだち》する。和枝は祥恵にさっと目配《めくば》せするが、遅かった。丸山という二年生だという男の言葉に、人のいいシマケンが即答《そくとう》したからだ。

「三年生の丸山なら、うちのクラスにいるけど」

「アホ、バカ、おしゃべり!」

和枝が叫ぶより早く、男はシマケンの首のあたりをがっちりとつかんだ。

「さあ、ヤツの家を案内してもらおうか」

「すいません、ぼく、しゅうの家、知らないんです。本当です」

シマケンがかすれ声で必死にもがいた。ふだんはうるさい女子たちも、恐ろしさのあまり、声も出ない。すると、祥恵の陰《かげ》でうつむいていた浩美《ひろみ》の腕を、もう一人の男が、乱暴にねじりあげた。浩美の手にはケータイが握られている。メールで助けを呼ぼうと思ったのだ。

「誰にかけようとした？　こんなものでバカにしやがって。ガタガタ騒ぐんじゃねえよ」

男は、浩美のケータイをテーブルにたたきつけた。

「おう、この中に一人ぐらいはヤツの家を知っているのがいるだろう！」

三Bたちはいっせいに首を横にふった。

「おい！」

男たちは、一人ひとりをこづいたり、どやしつけたりして、しゅうの家を聞き出そうとするが、誰も答えられない。和枝《かずえ》がたまらなくなって、叫んだ。

「あの子ん家《ち》、引《ひ》っ越《こ》したから、誰も知らないのよ！」

「そうなんです。引っ越し先、教えてくれなかったから」

「昔いいところに住んでたから、今の家、見られるのがいやなんだと思う」

三Bたちも口ぐちに弁明《べんめい》する。

「おい！　本当に誰も知らねえのか！」

みなは顔を見合わせた。実際、誰も知らなかったのだ。いらだった男は、浩美《ひろみ》のケータイを取ると、ふたたび、浩美の手に押しつけた。

「そんじゃ、おまえ、先生に電話しろ。先生なら、てめえの生徒の家ぐらい知ってんだろ」

浩美は救いを求めるように一同を見たが、みな恐怖《きょうふ》に凍《こお》りついているのを知ると、仕方なく、金八先生の自宅に電話をした。何度か、コール音が鳴ってから、金八先生が出た。

「おう、浩美か。今日はどうもありがとうね。ヤヨは大満足だったとお母さんからお礼の電話があったよ。しゅうの家？　うん、明日、学校で地図を書いてやる。浩美は今どこにいるんだ？　今日はがんばったんだから、早く帰っておやすみ。はい、そんじゃ、明日」

金八先生は上機嫌《じょうきげん》でまくしたてると、電話を切ってしまった。

「切れちゃった……」

浩美がぼう然とつぶやくと、男はかっとなって、そばの丸椅子《まるいす》を思い切り蹴《け》った。椅子が戸に当たってものすごい音をたてた。反射的に、女子の悲鳴があがる。外で、ガチャガチャと自転車を止める音がして、戸があいた。

「なに荒れてんだ、おまえたち」

入ってきたのは制服の大森巡査だった。巡査は縮《ちぢ》みあがっている中学生の群《む》れと、ヤクザ風の二人組にさっと目を走らせると、胸につけている笛を鋭く吹いた。

「さ、おまえたち、食ったならさっさと帰んなさい。このところ、中高校生がいい気になって覚せい剤のやり取りなんかしているから。麻薬Gメンに捕まってみれ、取り調べはハンパじゃねえんだぞ!」

「わかりました。帰ります! 比呂《ひろ》、ラーメン代は明日払うから」

シマケンが巡査に敬礼《けいれい》して、ダッと店を駆け出した。われにかえった三Bたちは、あわててシマケンの後に続いて、飛び出して行った。あっという間に、店は二人組と比呂親子と巡査だけになった。巡査は男たちを上から下までじろじろと見て言った。

「おまえら、何だ?」

「客だよ。何だとは何だ?」

男たちはまったく動じず、ふてぶてしい態度《たいど》で巡査を見下《みお》ろしている。しかし、ひるむような大森巡査ではない。

「職務質問《しょくむしつもん》っちゅうやつだ。知らんのか」

「ふん、けったくそ悪い」

二人組は、テーブルの足を蹴《け》って、店を出て行った。まだ顔をこわばらせている和枝《かずえ》に代わって、比呂は、男たちがしゅうを探しているらしいと大森巡査に告《つ》げた。

大森巡査は胸騒《むなさわ》ぎを覚《おぼ》えつつ、まっすぐ金八先生の家へ向かった。タチの悪そうな二人組がしゅうを追いかけまわしていると聞いて、金八先生は以前、さくら食堂に立ち寄ったときに妙な男たちに生徒のことをたずねられたのを、思い出した。

「そいつらなら、私もたぶん会っている」

「会っている？　だば、なしてそのとき、すみやかに本官に知らせなかっただ？」

あのときは、しゅうがいたずらでもしたのだろうと思い、とっさにはぐらかしたのだった。けれども、あれからだいぶたった今でも探し続けているというのはただごとではない。

金八先生は記憶の中をけんめいに、あのときの二人組の言葉を探った。

「そうだ、やつら、丸山とだけで、探している子ども、つまり、しゅうの名前を知らなかった」

「ってことは？」

「親だよ、やつら、しゅうの親を探しているんだ」

金八先生はようやくしゅうの孤独《こどく》の謎が解《と》けた気がして、ひざを打った。しかし、大森巡査はのんきに首をかしげている。

「探し出して何をしようと考えてるんだべ？　探し出したって、しゅうの親父《おやじ》から金はしぼれませんよ」

「なんで?」

「ほら、しゅうの親父はどえらいトラック事故をやってしまって、あんまり使い物にはなってねえんでねえの」

金八先生は昨日の夕方、しゅうの家を訪ねたときに見た半壊《はんかい》のトラックを思い出した。父親が事故に遭《あ》って以来、あの状態で置いてあるのだろうか。父親があのトラックの運手だったとすれば、確かに生きているのが不思議なくらいのひどい潰《つぶ》れ方をしていた。

金八先生はまだしゅうの両親には会ったことがない。母親は働いているとかで、学校行事等はいつも欠席だ。家に人の気配《けはい》がなかったところを見ると、父親はどこかに入院したままなのだろうか。あの二人組は、そのことをまったく知らないで、しゅうの父親を探しているのだろうか……。金八先生は考え込んだ。

二人組の名は河合《かわい》と下部《しもべ》といった。組の事務所に戻れば、いちばんの下っぱだ。町では傍若無人《ぼうじゃくぶじん》にふるまっているが、いったん事務所に入れば直立不動《ちょくりつふどう》だった。

「まだ丸山の行方がつかめないとはどういうわけだ!」

若頭《わかがしら》の毛利《もうり》の怒声《どせい》に、河合と下部は身をかがめた。しゅうを見つけたまではよかったが、いつも、今一歩というところで逃げられていた、毛利のあせりがビリビリと伝わってくる。

「いいか！　お前らが結果を出さなきゃ、このおれもオヤッさんの覚《おぼ》えが悪くなるってことなんだ。それがどういうことか、体で教えてもらいたいか！」

河合と下部もまた、しゅうと同様に逃げることができないのだった。とにかく、息子がこの町に住んでいることがわかったので、中学をしらみつぶしに当たっていけば、まもなく居場所《いばしょ》はつきとめられるからと毛利に言い訳をしたのだった。


しかし、しゅうの方は、追っ手がすぐそこまで近づいているとは知らない。その日も、しゅうは崇史《たかし》を誘い出した。しゅうがヤヨのトーチランへ行くとばかり思っていた崇史は、しゅうのメールを見て驚いたが、急いで待ち合わせの河原《かわら》へ走っていった。

しゅうはいつもの黄色い自転車の脇で、崇史が来るのを待っていた。

「しゅう！」

しゅうはにこっと笑って、手をあげた。この季節にはめずらしく、川べりですら春のように暖かかった。トーチランの歓声が遠くに聞こえて、崇史は一瞬緊張したが、しゅうはかまわず岸辺《きしべ》まで行き、足もとの小石をひろって水面すれすれに投げた。石は、水の上を三回バウンドして、しぶきをあげた。

「やろうぜ」

ふりむくしゅうの頬《ほお》に午後の光が反射している。昔、二人はよく水切りをして遊んだ。

「よーし」

崇史《たかし》も岸辺に立つと、ひらべったい石を選んで投げた。石は、四回水面をはずんだ。

「ちきしょう」

しゅうが、また投げる。二人は、水切り競争に夢中になった。足もとの石をあらかた投げ終えたときには、どちらが勝っていたか、もうわからなかった。斜面に寝ころぶと、いつもよりも広い空がひろがっている。枯《か》れ草と水のにおいが、体にしみていく。崇史は、少し心が軽くなった気がした。

「サンキュー。明日から学校へ行くよ」

「必ずだな」

「必ずだ」

約束すると、少し元気になった崇史を見て、しゅうは嬉《うれ》しそうに微笑《ほほえ》んだ。

「おまえ、私立だろ。だったら、入試まであと二カ月のしんぼうさ」

「おまえもだろ」

崇史の問いに、しゅうはまたも答えなかった。

「じゃあ、明日、学校で」

二人はそう言い合って、夕暮《ゆうぐ》れの風が吹きはじめた土手《どて》で別れた。


その夜、近くのコンビニへ買い物に行ったしゅうは、会計をすませて店を出ようとしたときに、入口近くの棚《たな》の前で、博明《ひろあき》が雑誌を立ち読みしているのに気がついた。小脇《こわき》にしっかり拡声器《かくせいき》を抱えたまま、閉《と》じてあるヌードグラビアをなんとか見ようとしている。しゅうはくすりと笑って、後ろから博明の肩をたたいた。

「ほら、伸ちゃん、すげえよ、これ」

振り返った博明は、しゅうを見てばつの悪そうな顔をした。どうやら、待ち合わせをしていた伸太郎《しんたろう》と間違えたらしい。

「しゅう、このこと内緒《ないしょ》な。女子に言わないで」

博明が片手でおがむようなポーズをした。

「オッケー」

しゅうは手をふって店を出ると、とめてあった自転車にまたがった。こぎだそうとした瞬間、突然横から大きな手がのびて、ぐいとハンドルをわしづかみにされた。ギクリと見上げると、河合《かわい》のぞっとするような冷たい目だ。

しゅうは、力いっぱい体重をペダルにかけ、無我夢中《むがむちゅう》でふりきって発進した。ずっと、しゅうを見張っていたのだろう。河合は近くに停《と》めてあった車にゆうゆうと乗り込むと、ヘッドライトでしゅうを追い立てながらスピードをあげ、乱暴にしゅうの前に回り込み、行く手をふさいだ。全速力で走っていたしゅうは車にぶつかって、自転車もろとも道端《みちばた》にふっとんだ。車から降りてきた河合と下部《しもべ》は、よろめきながら逃げようとするしゅうを捕《つか》まえ、それでも暴《あば》れるしゅうを無理やり車の中へ押し込んだ。

商店街のシャッターはすでにおりて人通りもなかったが、この誘拐劇《ゆうかいげき》には目撃者が二人いた。一人は、コンビニからなんとなくしゅうを見送っていた博明《ひろあき》で、もう一人は、博明に会いにやってきた仲太郎《しんたろう》だ。

自転車でのんびりと通りをやってきた仲太郎は、前方に斜めにとまった車に、抵抗《ていこう》する少年が無理やり引きずり込まれるのを見た。不審《ふしん》に思って目をこらすと、コンビニの前に博明がへたりこんでいる。博明は伸太郎の顔を見るなり、泣きそうな声で言った。

「しゅうが、しゅうが……」

車のいた場所に投げ出された黄色い自転車をひと目見るなり、伸太郎はすべてをさとった。脳裏《のうり》にさくら食堂で会った二人組の顔がよぎった。

「車掌《しゃしょう》、しゅうを助けに行くぞ！　あれに乗れ！」

伸太郎は倒れているしゅうの自転車を目でさすと、全速力で車の後を追った。すぐに、踏み切りにひっかかっている車が見えた。猛スピードで自転車を飛ばす二人に、怒鳴り声が追いかけてきた。

「コラーッ、無灯火《むとうか》だぞ！」

見ると、揃《そろ》いのブルーのキャップをかぶった夜回り隊だ。伸太郎は急ブレーキに危《あや》うくもんどりをうちそうになりながら、しんがりの遠藤先生に向かって叫んだ。

「来てよ！　しゅうがやばいんだ」

「やばい？」

「誘拐《ゆうかい》！　黒い車！」

仲太郎は説明するのももどかしく、再び自転車を出した。

「夜回り隊、続いてください！」

博明《ひろあき》は拡声器で言うと、仲太郎《しんたろう》とともに車を追って行った。けれども、車のスピードにはかなわない。遮断機《しゃだんき》があがると、しゅうを乗せた車はたちまち見えなくなってしまった。

仲太郎と博明は仕方なく、車の消えた方向をまっすぐに進んだ。川べりの土手《どて》までくると、博明があっと声をあげた。ちょうど鉄橋《てっきょう》の陰《かげ》になるあたりに黒い車が停《と》まっている。

「あの車だ！」

二人はその場に自転車を乗り捨て、斜面を駆《か》けおりていった。

河合《かわい》たちはしゅうに家まで案内させるつもりだったが、しゅうは決して口を割らなかった。車の中でさんざん殴《なぐ》りつけても、強情《ごうじょう》に睨《にら》み返すばかりのしゅうを、ゆっくり話を聞いてやるといって、河合たちは人気《ひとけ》のない鉄橋の下へ連《つ》れ込《こ》んだのだった。

「おまえのオヤジはな、億に近い値がつくドラッグを持ち逃げしてんだよ」

河合のパンチがしゅうの腹に炸裂《さくれつ》する。よろめいて砂利《じゃり》の上に倒れると、今度は容赦《ようしゃ》なく蹴《け》りが入った。

「うそだ」

しゅうがうめき、立ち上がろうとすると、またすぐに殴《なぐ》り倒《たお》された。

「だから、うそかホントか、会わせりゃわかるんだよ！」

車の中がからっぽなのにとまどっていた仲太郎と博明は、下の草むらから聞こえてくる怒声《どせい》にびくりとした。身をかがめて声のする方へ目をこらした二人は、岸辺《きしべ》で繰り広げられている光景を目にして、仰天《ぎょうてん》した。それは、すさまじい暴行《ぼうこう》シーンだった。男たちは、四つんばいで逃げようとするしゅうの襟首《えりくび》をつかんで引き起こすと、その小さな体をサンドバッグ代わりにめちゃめちゃに殴打《おうだ》した。月明かりに照《て》らされたしゅうは、口の中を切っていて、鮮血が口元から胸を汚していた。

「ほらほら、これ以上痛い目にあうとお前までやばいぜ」

「父さんは……そんなことしない……」

カッとした下部《しもべ》が突き飛ばすと、しゅうの体は人形のようにぐにゃりと倒れた。仲太郎と博明は手をとりあって、震《ふる》えながらその様子《ようす》を見ていた。男たちの暴行はやまない。

「あのままじゃ、死んじまう」

仲太郎がたまらず車の陰《かげ》から飛び出していこうとしたそのとき、上の方から声が聞こえてきた。仲太郎たちを追ってやってきた夜回り隊が、仲太郎と博明の乗り捨てた自転車を見つけたのだ。

「おーい、仲太郎《しんたろう》、博明《ひろあき》ぃ、どこだぁ」

遠藤先生の呼び声を聞いて、仲太郎は、博明が腰《こし》につけていた拡声器《かくせいき》をとって叫んだ。

「ここだ、ここだ、夜回り隊全員、ただちに第一現場に集合!」

河合《かわい》と下部《しもべ》はぎょっとして、しゅうを殴《なぐ》る手をとめた。

「早く、車に積み込め。あとから、ゆっくり、じっくり聞けばいい」

下部《しもべ》はしゅうの体を車の方へむかってひきずっていったが、小柄《こがら》とはいえ、中学生の体は重い。派手《はで》なユニフォームに身をつつんだ、遠藤先生と桜中学の卒業生二人の夜回り隊が猛然《もうぜん》と土手《どて》を駆《か》け下《お》りてくるのを見て、博明はわれにかえった。仲太郎の手から拡声器をひったくると、サイレンのスイッチを入れた。アナウンスについては慣れたものだ。博明は派手《はで》に繰《く》り返《かえ》した。

『夜回り隊、夜回り隊、後続《こうぞく》が到着次第《とうちゃくしだい》、すみやかに合流《ごうりゅう》せよ!』

しゅうを車に運びかけていた河合と下部は舌打《したう》ちすると、しゅうをその場に放《ほう》り出し、車の方へ走り出した。夜回り隊が追いかけたが、すでに車に乗り込んだ二人組をつかまえることはできなかった。

仲太郎は、まっすぐ倒れているしゅうのもとに駆け寄り、抱きかかえた。

「しゅう！　しゅう、大丈夫か？」

しゅうは腫《は》れ上がった瞼《まぶた》の下からかすかに仲太郎の顔を見ると、そのまま意識を失った。

「しゅう！　おまえ、何があったんだよ、しゅう！」

「救急車！　救急車呼んで！」

博明が夜回り隊へ叫んだ。

「おーい、大丈夫か？」

「わかんねえよ、やられちまってるんだよ」

遠藤先生にそう答え、しゅうを抱いた仲太郎はぽろぽろと涙をこぼした。

遠藤先生はすぐに金八先生と連絡をとり、しゅうは金八先生の教え子の実家でもある安井病院へ運ばれた。心配する仲太郎と博明を、遠藤先生が無理やり家へ送っていった。病院へ駆けつけた金八先生は、教え子の夜回り隊から一部始終《しじゅう》を聞くこととなった。

「いやあ、狩野鉄工《かのうてっこう》の息子、はじめは何言ってんのかわからなくてさ、遠藤先生をからかってるのかと思ったくらいで」

「いやぁ、さすがのあいつも気が動転《どうてん》したんでしょう」

金八先生はいつも口達者《くちたっしゃ》な伸太郎を思い、少し同情した。

しゅうの顔は人相《にんそう》が変わるくらい腫《は》れあがっていたが、運よくどこも骨折はなかった。

しかし、処置室《しょちしつ》から出てきた安井院長は、金八先生と二人になると深刻《しんこく》な顔で言った。

「強情《ごうじょう》ですねえ、あの子は。家には連絡しておくと言っているのに帰ると言い張ってる」

「まだ、そんなことを」

「うちに病人がいるからどうしても帰るっていうのです」

「病人が……」

金八先生は大森巡査の話を思い出した。けれど、しゅうの家へ行ったときは、あまり人の気配《けはい》がなかった。安井院長はため息をつき、金八先生の目をじっと見つめた。

「仕方ないから、明日必ず傷を見せに来るということで帰します。立ち入るようですが、あの丸山というのは、どんな子ですか」

「そうですね……。私も三〇人全員の考えていることをすべて把握《はあく》できていると断言《だんげん》はできないのですが……中でも、あの子だけはなつかないというか、避《さ》けているというか、正直言って、担任としてはもどかしくてならないんですよ」

「そうですか。実は、気になることがありましてね。あの子の体にかなり打撲傷《だぼくしょう》、つまり内出血《ないしゅっけつ》の痕《あと》があります」

「ということは？」

「彼が幼稚園児だったら、すぐさま虐待《ぎゃくたい》の疑いということで児童相談所と警察に届けないとならんのですが」

金八先生はにわかには信じられず、頭を振った。

「で、でも、それは今夜、彼に暴行《ぼうこう》をはたらいた男どもにやられた傷では……」

「違いますね。父親は病人だそうで、きょうだいもいないんですよね。でも、明らかに誰かに殴《なぐ》られ、叩《たた》かれてますよ」

安井院長は静かに断言《だんげん》した。金八先生は驚《おどろ》きのあまり答えることばもない。

処置室のドアがあき、看護師に付き添われてしゅうが出てくると、安井院長は表情を変え、やわらかい微笑《びしょう》でしゅうを迎《むか》えた。

「今夜、痛むだろうから、鎮痛剤《ちんつうざい》を出しておいたからね」

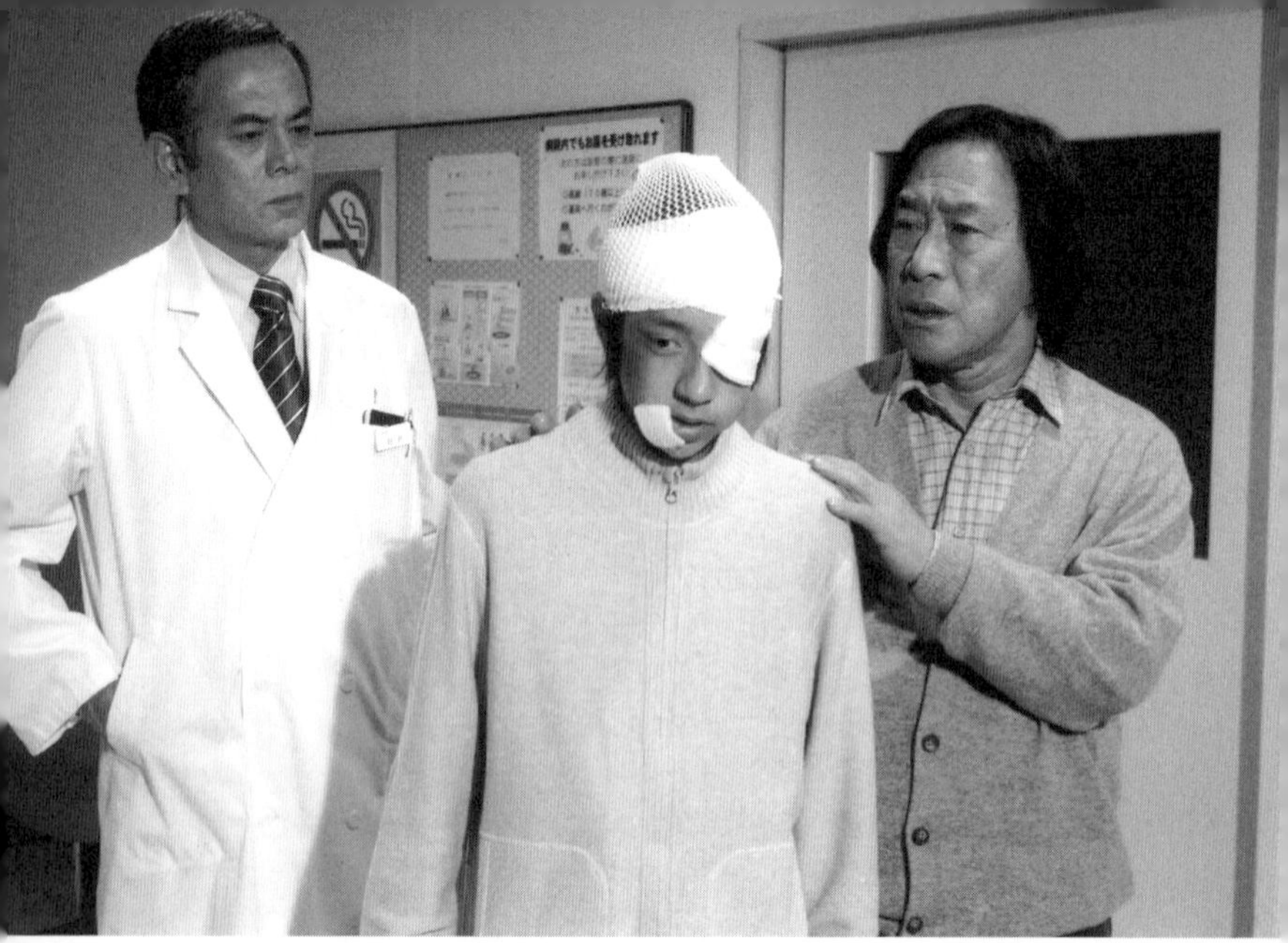

痛々しい姿で処置室から出てきたしゅうは、ひどいケガにもかかわらず「うちに病人がいるからどうしても帰る」と言ってきかなかった。

「はい……」

しゅうの顔は、包帯《ほうたい》やガーゼネットに覆《おお》われてほとんど見えないくらいだ。金八先生がいるのに気づくと、しゅうは黙《だま》って頭を下《さ》げたが、目を合わそうとしない。金八先生は痛々《いたいた》しい姿のしゅうにそっと近づいた。

「……それじゃ、帰ろうか。送っていく」

「いえ、大丈夫です」

わずかにあとずさったしゅうに、安井院長がきっぱりと言った。

「そうはいかんのだよ」

家へ向かうタクシーの中でしゅうはほとんど口をきかなかった。傷のせいで話せないこともあるが、早く一人になりたがっていることが、金八先生にも感じられた。家に着き、金八先生に助けられながら、タクシーを下《お》りると、しゅうは、あらゆる問いを封じるかのように急いで礼を言った。

「ありがとうございました」

それは、さようなら、と聞こえた。しかし金八先生はその拒絶《きょぜつ》の響《ひび》きを無視《むし》して、タクシーを帰し、しゅうとともに玄関に立った。家は真っ暗でカギがかかっていた。

「お母さん、まだ帰っていないみたいだね」

しゅうの鍵で扉を開けると、玄関に入った金八先生はかがむことのできないしゅうの靴を脱《ぬ》がしてやり、自分の靴も脱いだ。しゅうの顔に焦《あせ》りがうかぶ。

「本当に大丈夫です。ご心配かけました」

「心配は、私の勝手だ。部屋は二階かな?」

「……はい」

今のしゅうは、金八先生に従うしかない。実際、帰り着いたと思った途端《とたん》に、体中が痛んで、まっすぐ歩くことも難しかった。しゅうの脇をかかえるようにして家の中へ入った金八先生は目をみはった。台所や居間の壁紙《かべがみ》やふすまの紙が破《やぶ》れたままになっている。その荒《あ》れた様子《ようす》を目にし、金八先生の頭の中にさっき安井院長が言った虐待《ぎゃくたい》という単語がぐるぐるまわった。しゅうはこのことに触《ふ》れられたくないから、一人で帰ると言いはったのだろうか……。

しかし金八先生は、何も気づかないふりをして、しゅうの前に背中を向けた。しゅうの体で急な階段を自力で上がっていくのはいかにもきつそうだったからだ。ためらっているしゅうに、金八先生は笑って言った。

「ほら、おんぶ。遠慮《えんりょ》したってはじまらないだろ。部屋に寝かせたら、すぐ帰るよ」

しゅうはおずおずと金八先生の背中におぶさった。しゅうがベッドに入ると、金八先生はふとんの具合《ぐあい》をなおしてやり、かたわらに腰《こし》を下《お》ろした。

「この家、ほんとに誰もいないのかい」

「はい」

「だって、病人がいるからどうしても帰りたいと安井先生に言ったんだろ」

「そう言わなければ帰れないと思ったから」

しゅうは金八先生には目を合わさずにたんたんと答えた。

「あちこち痛くて、誰もいなくて、それでも帰りたかったのかい？」

「……はい」

どうしても、本心には聞こえなかった。金八先生は思いきってたずねた。

「安井先生がね、君の体にはずっと前からの傷痕《きずあと》があるって言ってらした。暴行《ぼうこう》の痕《あと》というのかな。それとこの家と関係があるのかい?」

しゅうは答えずに、顔をそむけた。

「今晩の二人組とは?」

「あれは、ただ、ガンとばされただけです」

しゅうを追いつめる気がして、金八先生は無理に真実を暴《あば》こうとはしなかった。

「そうか……。じゃ、今夜は帰るけど、いつかその胸につっかえているものを私に吐《は》き出してくれないか。君のこと、気になってしかたがないんだ」

「すみません。ありがとうございました。おやすみなさい」

しゅうは向こうをむいたまま、早口に言った。言葉はていねいだが、その背中が早く帰ってほしいと言っている。金八先生は仕方なく帰ることにした。

「うん、それじゃ、これ、痛み止め、ここにおいておくからね」

「はい」

「待っていなさい。水を持ってきてあげるから。それで帰るから」

金八先生は台所でコップに水をくみ、また階段を上がってきて、はっと立ち止まった。しゅうの部屋ではない、二階の奥から咳《せき》が聞こえたような気がしたからだ。ひょっとすると、本当に病人がいるのだろうか。閉《と》ざされた奥の扉《とびら》をにらみ、金八先生は一瞬《いっしゅん》迷《まよ》ったが、ベッドで金八先生の足音に耳をすませているだろうしゅうのことを思い、まっすぐしゅうの部屋へ入った。

「そんじゃ、お休み。今夜は何も考えずに寝なさい。いいね。じゃ」

しゅうはベッドに横たわったまま、金八先生の気配《けはい》を聞いていた。玄関のドアの閉まる音が聞こえると、はりつめていた糸がきれたように、その両眼《りょうがん》から涙があふれ出てきた。

金八先生は後《うし》ろ髪《がみ》をひかれる思いでしゅうの家を出た。つかまっていない二人組のことも気にかかる。金八先生は何度も後ろをふりかえりながら、通りに出た。すると、向こうからまっすぐしゅうの家の方へ歩いてくる女性がいる。仕事帰りなのか、疲れた様子《ようす》だ。しゅうの義母の光代《みつよ》だった。

金八先生は光代に会ったことはない。しかし、すれ違ってから金八先生は直感し、女性を呼び止めた。

「失礼」

「……はい？」

「丸山さんですか」

光代は鋭《するど》い目つきで見返した。

「いいえ」

しゅうの母親だと思った女性は、顔をそむけると、早足でしゅうの家の前を通り過ぎていった。金八先生は徒労感《とろうかん》に足をひきずりながら帰って行った。

Ⅳ　友の呼ぶ声

幼稚園のときからいっしょだったという舞子から、金八先生は初めて、しゅうの家の事情――お父さんが事故を起こし、倒産したという話を聞く。

翌朝、しゅうはケータイの着信音《ちゃくしんおん》で重苦《おもくる》しい夢から引き戻された。

『しゅう、今日から学校へ行く、学校で会おう』

崇史《たかし》からのメールだった。崇史はしゅうとの約束を守ったのだ。しゅうは鉛《なまり》のように重い体をねじって、カーテンの隙間《すきま》の空を見た。まぶたが腫《は》れて、目をあけるのも思うようにならない。

光代《みつよ》がタオルと朝食を盆《ぼん》にのせて入ってきた。痛みどめのせいか、昨夜、母親が帰ってきたのをしゅうは覚えていない。

「痛む?」

「……うん」

光代はケガの理由を聞かなかった。けれど、その声はいつもよりずっとやさしい。

「食べ終わったらそのまま置いといて」

テーブルに盆をおいて、光代は出かけていった。母親の暴力の下に、あるいはあの男たちの暴力の下に自分の身を投げ出して、昔のような両親の笑顔を取り戻せるならば、何も惜しくはないとしゅうは思う。全身を突き刺している痛みは、父親をかばったしゅうの愛情そのものだった。

崇史はしゅうの姿を探しながら、久しぶりに通学路を歩いていた。校門で、教室で、自分はどんな目で見られるのだろう、と思うと、足がすくみそうになる。ふと、学校で会うのではなくて、しゅうの家へ寄ってくればよかったと後悔《こうかい》が頭をよぎると、来た道をひきかえしたくなった。けれど、それはよけいな心配だった。背の高い崇史の姿を、いち早く見つけたサンビーズがにぎやかに走りよってきたし、玲子《れいこ》がうれしそうな笑《え》みであいさつをしてきた。崇史は何も弁解《べんかい》する必要はなく、みんなと一緒に校門をくぐった。

教室に入った崇史は真っ先に、しゅうの机へ目をやった。しゅうはまだ来ていない。

「崇史！」

「おはよう、崇史」

何人かが声をかけてきた。崇史は何を聞かれるかと一瞬身構《みがま》えたが、好奇心の矢は飛んでこなかった。教室にはいつもとは違う沈《しず》んだ空気がたちこめている。第一、何についても余計なひとことを言わずにはおれない伸太郎《しんたろう》と車掌《しゃしょう》が、押《お》し黙《だま》って座《すわ》っている。舞子《まいこ》が泣き出しそうな顔をしている。

いつもけたたましい比呂《ひろ》たちが、前の方にかたまって何やらひそひそと話していた。話の内容はすぐに崇史《たかし》にも伝わり、不安と疑問とがないまぜになって崇史の胸中をかけめぐった。また、なかば意識を失ったしゅうが救急車で運ばれていくところまでしか見届《みとど》けていない伸太郎《しんたろう》と博明《ひろあき》は、朝食もろくにのどを通らなかった。さくら食堂で実際に河合《かわい》たちに脅《おど》された者にとっては、小塚物産《こづかぶっさん》の事件もヤヨのトーチランもなぜだかずいぶん昔のことにすら思えた。

金八先生が出席簿《しゅっせきぼ》と授業用のボードを小脇《こわき》にかかえて入ってきたとき、三Bは今までにないほど真剣に教壇《きょうだん》の金八先生は見つめた。しんと静まりかえった教室で、金八先生は出欠をとった。出席番号のいちばん最後がしゅうだ。しゅうの名が呼ばれると、三Bたちの視線はしゅうの空席に集まった。

「今日のお休みは、しゅう一名だね。でも、崇史が出てきてくれました。崇史、がんばって出てきてくれたね。ありがとう」

そう言って金八先生は崇史に笑いかけたが、崇史はとても微笑《ほほえ》みかえす気にはなれなかった。金八先生は沈《しず》んだ空気を振りはらうかのように、明るく声を張った。

「昨日のヤヨのトーチランは大成功に終わりました。みんなのヤヨに対する思いが成功を生んだのだと思います。私も、見ていて感動しました。ありがとう」

しかし、金八先生の言葉を聞いて、無心《むしん》ににこにこしているのは、ヤヨ一人だ。一昨日《いっさくじつ》はあれほどトーチランを盛り上げるべくがんばっていた量太《りょうた》でさえ、元気がない。みな、この後、話はしゅうのことへと続くのではないかと、緊張して耳をすませていた。

重《おも》くるしい沈黙のなかで金八先生は授業に入って、黒板に〝今日の言葉〟のボードをはった。

『そのうち　そのうち
　べんかいしながら日が暮《く》れる』

「はい、今日の相田みつをさんの言葉です。私などいつも耳が痛いんだけど、人間は他人に弁解《べんかい》しているうちはまだいい。けど、自分に向かって弁解しはじめるともう最悪でね。なんか、そういう体験のある人いたら、話してくれるかな」

金八先生の明るすぎる声は、三Bたちの沈黙《ちんもく》の上をむなしくすべっていった。じっと金八先生をにらみ上げていた仲太郎《しんたろう》が、たまりかねて立ち上がった。

「おい、先生。弁解《べんかい》とかなんとか、そんなこたぁどうでもいいんだよ。なんで、授業の前にしゅうのことをちゃんと話さないんだよっ」

一瞬、金八先生の顔に困惑《こんわく》の色が浮《う》かんだが、ひと呼吸おくと、金八先生はおだやかな口調《くちょう》で聞き返した。

「仲太郎はしゅうの何が知りたいんだね？」

「あいつは二人のヤクザにボコボコにされて……そんで、おれたちが助けに行かなかったらどうなってたか」

「そうだね。遠藤先生から聞きました。君と車掌《しゃしょう》、博明《ひろあき》のおかげだって。本当にありがとう」

「んなこと言ってんじゃねえっ」

仲太郎はいらだった。しゅうの血まみれの顔、抱きかかえたときにだらりと垂《た》れたしゅうの腕、その重《おも》みが仲太郎の手にはまだ生《なま》なましく残っていた。何でもないようににこやかに話している金八先生が信じられない。

「あいつのけがの状況とか、どれくらい入院しなくちゃいけないとか、そういうことがあんだろっ」

「いや、入院はない。しかも、一人で歩いて帰れるくらい元気がいいから、みんな安心してください」

金八先生は仲太郎の言葉をさえぎって、きっぱりと言った。けれども、三Bたちはほっとするどころか、言葉のそらぞらしい響《ひび》きを敏感に感じとって、よけいに沈《しず》みこんだ。舞《まい》子《こ》の瞳《ひとみ》から、こらえきれずに涙がこぼれおちた。しかし誰よりも胸がつぶれるような思いでいたのは崇史《たかし》だった。「二人のヤクザにボコボコにされて」と仲太郎は言った。しゅうの身辺《しんぺん》によほど重大なことが起こったにちがいない。しかしその重大なことを、自分は何も知らなかった。知らされてなかったのだ。

仲太郎は立ったまま、金八先生を追及《ついきゅう》した。

「じゃあ、なんであいつがボコボコにされたのか教えてくれ」

さすがに金八先生も答えにつまる。再び重い沈黙《ちんもく》が教室を包《つつ》んだ。その沈黙を破《やぶ》ったのは崇史だ。

「それを聞いてどうする！　人には知ってほしくないプライバシーってもんがある。関係ないことをあれこれほじくり出す権利は僕らにはない」

ほっとしたように金八先生はうなずいた。

「うん、崇史《たかし》の言う通りだね。このことは、そのうちしゅうがさ、きっとそのうちみんなに話してくれるときが来るからね」

「そのうち、そのうちって、弁解しながら日が暮れる《く》んですかっ」

後ろの席から直明《なおあき》の辛辣《しんらつ》な野次《やじ》がとんだ。伸太郎《しんたろう》はかたくなに金八先生をにらみつけている。野次馬根性《やじうまこんじょう》からしゅうのことを詮索《せんさく》しているわけじゃない。それなのに、建て前《たまえ》で切り抜けようとするなど、許せない。三Bのだれもが同じ気持ちだった。

「ほっといたら、あいつ、またやられるぞ。おれはマジであいつのことを心配してんだよ。しゅうをやったのはマジのヤクザだったしさ、こんなかのほとんどはさくら食堂で脅《おど》かされてんだよ」

「そうよ、真佐人《まさと》なんか、チョンマゲつかまれちゃったし」

「浩美《ひろみ》だって、ケータイ使おうとして腕ねじられたし」

「ぼくも、ほっといちゃいけないと思う」

昨夜の打ち上げ組が口ぐちに伸太郎に加勢《かせい》した。

「ほら見ろ、みんなそう言ってんじゃねえか」

仲太郎は一歩も譲《ゆず》らない。一学期の頃と同じく、いまや金八先生の方が絶対的に形勢不利《けいせいふり》だった。あせりのあまり、嘘《うそ》もお粗末《そまつ》なものしか思い浮《う》かばない。

「う、うん。それはね。ただ、しゅうが、夏休みのころに、あいつらにインネンをふっかけられてさ……」

「嘘だろ、そんなのっ。そんなことであそこまでボコボコにされるわけねえだろっ。それに、あいつら、しゅうからなんかすげえ秘密みたいなのを聞き出そうとしてたんだ。な、車掌《しゃしょう》」

今日の博明《ひろあき》は拡声器《かくせいき》の冗談もとばさず、真剣な顔でうなずくばかりだ。

「ひょっとして、しゅうの家、ヤクザ？」

隼人《はやと》が思いつきでぺろりと言うと、舞子《まいこ》がふりかえって、大きな目でにらんだ。

「私はしゅうの家族のこと知ってるけど、しゅうのお父さんはヤクザなんかじゃないっ」

舞子の剣幕《けんまく》に押され、隼人はすぐに口をつぐんだ。しゅうと同じ小学校を卒業したものの中には、間違ってもヤクザとしゅうの親を結びつけて考えたりする者はいない。それに、しゅうが自分から、ヤクザと関わるようなことをするとも思えない。けれどもまた、ふつうにしていて、あんな男たちに追われるわけがないのもたしかだ。またもや、みなが黙《だま》ってしまうと、考え、考え、直明《なおあき》が口を開いた。

「けど、あいつ、変だろ。せっかくソーラン節やって、こっちの輪の中に入って仲良くなれたのにさ、最近また一人で帰っちゃうし……それに、昨日だって、ヤヨのせっかくのトーチランなのに来てないじゃないか」

すると突然、崇史《たかし》が両手で乱暴に机を叩《たた》いた。日頃《ひごろ》おとなしい崇史の珍《めずら》しい振《ふ》るまいに、一同は驚《おどろ》いて注目した。崇史は、うつむいたまま、震《ふる》える声で話しだした。

「ぼくは、ほんとうは学校へ来たかった……でも、こわくて、こわくて、来られなかった。だけど、しゅうは、ぼくが学校へ来なくなった日から、毎日、毎日、学校へ来いとはげましてくれたんだ……昨日だって、ほんとうはヤヨのトーチランを見に行きたかったのに、一日中ぼくにつきあってくれたんだ。だから、だから、今日、ぼくは学校に……」

崇史の告白《こくはく》を聞くと、もう誰も何も言わなかった。毎日、一緒にいたのに、しゅうのことも崇史のことも、ほとんどわかっていなかったことを思い知らされたからだ。家族にはそれぞれ事情がある。しゅうの家族も想像を絶《ぜっ》する悩《なや》みをかかえているのかもしれない。そして金八先生も、その悩みが何なのかは知らないが、ただその重大さゆえに他人が簡単に足を踏《ふ》み入れてはいけないということはわかっているのかもしれない。

うなだれた三Bたちを前に、金八先生が口を開いた。

「そうだったのか……しゅうはいいやつだねえ。つらいことがいっぱいあるだろうに、崇史のことを心配して、ずっと崇史のそばにいてくれたんだ。崇史、君もいいやつだなあ。つらいことといっぱいあるだろうに、しゅうのために学校に出てきてくれたんだ。それに、伸太郎《しんたろう》、君もいいやつだな。こわいだろうに、しゅうのために一生けんめいがんばってしゅうを守ってくれたんだ。ありがとうな。そして、みんなはヤヨのトーチランのためにそしてそのみんなが今はしゅうのことを心配している。……君たちは成長したねえ。〝みんなの中の私、私の中のみんな〟。そのことをちゃんとわかってるんだね。待とうよ、しゅうが、あのソーランでバック宙《ちゅう》を決めたときみたいに、にっこり笑って、何があったか話してくれるときまで。な、君たちは待てるはずだよ」

金八先生はしみじみと教室を見わたした。あれだけ勢いのあった伸太郎もうつむいて、袖口《そでぐち》で目のあたりをゴシゴシこすっていた。

光代《みつよ》が出かける音がすると、しゅうはゆっくりとベッドから這《は》い出した。痛む体をなんとかささえて、壁伝《かべづた》いに廊下《ろうか》を歩く。いつでも閉《し》めきった奥の部屋は父の寝室だ。光代が留守《るす》のときは、寝たきりの父親の面倒《めんどう》をしゅうが見ていた。そして、光代《みつよ》からは、父親が家にいることを誰にも言ってはいけないと厳しく口止《くちど》めされていた。しゅうは、ベッドのわきににじり寄ると、真剣な顔で父親にたずねた。

「父さん、本当のことを教えてください。父さんは誰かのドラッグを持ち逃げしたの？だからあいつらから逃げてるの？」

父親は不自由なくちびるを動かしたが、何を言っているのか、しゅうにはよくわからない。苦しげで、否定をしているようにも、助けを求めているようにも見える。口の端《はし》から垂《た》れたよだれをふいてやりながら、しゅうはうつろな目をした父親に約束した。

「ぼくが、どんなことがあっても父さんを守る。ぼくは父さんの子どもだから」

金八先生はしゅうの怪我《けが》は心配ないといったが、次の日もしゅうは学校へ来なかった。崇史《たかし》がケータイで電話しても、留守電になっている。崇史は、心配でいてもたってもいられなかった。

『しゅう、ケガ大丈夫か。連絡を待っている』

崇史の電話もメールも、しゅうは学校を休んだその日からちゃんと受け取っていた。そして、日に何度もケータイ受信ボックスを開けては、崇史からのメールを取り出して眺《なが》めていた。けれど、それに何と答えたらいいか、しゅうにはわからない。学校へ行って、伸《しん》太郎《たろう》や車掌《しゃしょう》に何と言って説明したらいいのか、わからない。体は思った以上に早く回復したが、しゅうはだんだん学校へ行くのが面倒《めんどう》くさく思えてきた。外へ出れば、あの二人組がどこかで待ち伏せているのではないかと思うと、おそろしかった。

三日目の朝、崇史からのメールを受け取ると、しゅうはしばらく画面を見つめ、返信をためらっていた。外で人の話し声がする。そっとカーテンのすきまから外に目をやると、門のところに崇史と金八先生の姿が見えた。金八先生はしゅうの自転車を届けにきてくれたようだった。けれど、しゅうからの反応がなく、その場を立ちさりかねる崇史に金八先生が「行こう」と背中を押して去っていくのを、しゅうは黙って見送った。

今朝の崇史からのメールは、自分の家の前から発信されていたのだった。すると、昨日の朝のメールもきっとそうだったのだろう。この前とは立場の入れ替わった今、しゅうは崇史の心配を思いやった。

黙ってしゅうを待っていることができないのは、舞子《まいこ》もいっしょだ。しゅうが三日も続けて休むと、舞子はついに決心して、職員室の金八先生のところへ行った。

舞子が入り口で深刻《しんこく》な表情を見せ、用件を言いよどんでいるのに気づいて、金八先生は本田先生に保健室を貸してもらった。金八先生と向かい合うと、舞子はひと息に言った。

「しゅうの住所、教えてください。お見舞いに行きたいんです」

舞子の一途《いちず》な顔を見ていると、ただ待っていろ、というのも残酷《ざんこく》な気がする。しかし、今のしゅうは他人を寄せつけないだろう。舞子もまた、金八先生と同じことを考えているようだった。

「……しゅうは今の家に来られるのが嫌《いや》みたいで、教えてくれないし……でも、伸太郎《しんたろう》はかなりけがをしたみたいだと言ってるし、私、心配で……」

今にも大きな瞳から涙がこぼれおちそうだった。

「そう……私が送って行ったときも、しゅうは嫌がっていたもんなぁ。しゅうのやつ、うちには病人がいると言ったり、だれもいないと言ったり、あまり家の中に顔を突っ込まれたくない様子《ようす》なんだよね。舞子はしゅうと仲がよかったんだね。何か、知ってることあったら、教えてくれないか」

金八先生は話を聞いてくれそうだとわかって、舞子はすがるように金八先生を見た。

「幼稚園からずっと一緒でした。しゅうのお父さんが事故を起こしたときも、倒産《とうさん》したときも、うちの父が弁護士だからいろいろ相談にのっていました。でも、私にはあまり話してくれなくて」

「うん」

「それに、あの頃とはお母さんの感じがすごく変わってしまって、それも心配で」

「感じが変わった?」

金八先生はいやな予感がした。あれから、しゅうの母親からは欠席を伝えるそっけない電話があっただけだ。言葉づかいはていねいだが、どこかこちらを拒絶《きょぜつ》するような感じがあった。ふつうの母親なら、もっといろいろしゅうのことをたずねるのではないだろうか。

安井先生の言っていた「虐待《ぎゃくたい》」の言葉が、頭の中でこだまする。

「……あの、二度目のお母さんだというの、先生は知ってるんでしょ?」

「ああ、知ってるよ」

「昔は、とってもいい人だったの。お菓子を焼くのがとても上手《じょうず》で、私たち、遊びに行くのがすごく楽しかった。しゅうも、そういうお母さんが自慢だったのに……」

やはり、悪口は言いにくいのだろう。舞子《まいこ》は、それ以上は言わずに目をふせた。金八先生は、しゅうの母親にはどうしても会わなければ、と思った。

「うん、わかった。ありがとう、舞子。でも、しゅうのこと、今の様子《ようす》では待つしかないだろうな。つらいけどな」

舞子はしばらく考えていたが、目をあげると、いつもの凛《りん》とした声で言った。

「では、お願いをひとつ聞いていただけますか」

しゅうの家へノートを届《とど》けて欲《ほ》しいという舞子の願いを、金八先生は快《こころよ》く引き受けた。

舞子は新しいノートに願いをこめて、しゅうへのメッセージを書きつけた。放課後、三B全員のメッセージでびっしりとページの埋《う》まったノートを舞子が持ってきたとき、金八先生はあまりの速さと熱意に感嘆《かんたん》して、大切にそのノートを封筒に入れた。

夕方、金八先生はしゅうの家をたずねた。呼びかけても返事はない。けれども、金八先生はあきらめずに、何度も呼び続けた。ようやく、玄関の中で人の気配《けはい》がした。

「ごめんください。桜中学の坂本と申します」

しゅうの家をたずねた金八先生は何度も呼び続けてやっとしゅうのお母さんに会うことができた。その人は以前、夜道で声をかけたが無視された人だった。

「すみません。今から出かけるところなので、時間が……」

扉が開くかわりに、中から女の人の声が答えた。

「ちょっと、渡したいものがあるのでお願いします」

扉をあけた女の顔を見て、金八先生はあっと思った。あの夜、しゅうを置いて帰るときに見かけた女性だった。しゅうの母親かもしれないと思ってたずねると、あっさりと否定して、自分の家の前を通り過ぎていった人である。

「突然、すみません。しゅうくんの担任の坂本です。しゅう君のお母さんですよね」

「はじめまして。お世話になっておりま

す」

光代《みつよ》は玄関をふさぐ位置に立って、頭を下《さ》げた。

「いえ、前に一度、お会いしていますよね?」

光代は金八先生の顔を見て、はっとしたらしい。

「すみません。あのときはどなたか存じませんで、最近、物騒《ぶっそう》なことが多くてつい用心《ようじん》してしまいまして。失礼いたしました」

「いえ、とんでもない、いいんですよ」

気まずいからなのか、光代は落ち着かない様子で目をふせた。金八先生の頭には、安井先生の言葉がよみがえった。

「……安井病院の先生からご指摘を受けたんですが、しゅうくんの体にはずっと以前から暴行《ぼうこう》を受け続けた傷の痕《あと》があるということで、それも、あの、あいつらにやられたのかな、と思いまして……」

「さぁ、ちょっと、そこまでは……」

光代《みつよ》は首をかしげて、質問をはぐらかした。答える気がないのが、金八先生にもよくわかった。しゅうが聞き耳をたてているかもしれない。金八先生は無理に聞くことをあきらめた。

「はぁ。では、もし何かございましたら、すぐに警察に連絡するということで……」

警察と聞いて光代はぴくりとし、目を合わせないまま、金八先生の言葉をさえぎった。

「あの、そろそろ、出かけなければなりませんので」

「あ、そうでしたね。お忙しいところ、すみませんでした。これ、しゅう君にお渡しください。どうも、失礼しました」

金八先生は光代に封筒を渡すと、愛想《あいそう》よくにこにこと挨拶《あいさつ》した。光代が、あいさつを返しながらも、玄関の戸を急いで閉めるのがわかった。

通りからしゅうの部屋を見上げると、窓には暗い色のカーテンがひかれている。金八先生は重《おも》くるしい気分で、何度も振り返りながら帰って行った。


しゅうは、よく聞こえない金八先生と光代の会話に耳をすませていたが、玄関の戸が閉まる音が聞こえると、しのび足でそっとベッドに戻った。しばらくすると、光代が入ってきて、金八先生からあずかった封筒と夕食ののった盆を机の上に置き、無言《むごん》で仕事へ出かけていった。しゅうの胸を再び不安がしめつけた。

しゅうはさびしい夕食をすませ、封筒をあけた。中には一冊のノートが入っていた。しゅうも持っている、文化祭のソーラン節で三B全員がもらったノートで、表紙に〝敢闘賞《かんとうしょう》記念《きねん》〟の文字が入っている。開くと、一ページ目に、きれいな文字で舞子《まいこ》のメッセージが書かれていた。

《しゅうへ
体、大丈夫？　伸太郎《しんたろう》たちに聞いたんだけど、とても信じられなくて…。
すごく心配です。悲しいけど、私は何もしてあげられない。
でも、お見舞《みま》いの代《か》わりにノートを作りました。
早くケガがよくなって、学校に来られますように
舞子《まいこ》》

名前のそばに、かわいらしいスマイルマークのイラストが描かれている。次のページには、太いマジックで別のメッセージがあった。

《気にすんな　大丈夫　　伸太郎《しんたろう》》

ページからはみ出しそうなほど、大きな字だった。しゅうは夢中でページを繰《く》っていった。一ページ、一ページに、三B全員からのはげましが書かれていた。きれいな字も、へたくそな誤字《ごじ》にも、カラフルなイラストにも、暖《あたた》かい心がこもっていた。教室のさざめきが聞こえてくる気がする。崇史《たかし》のページにきて、しゅうは手をとめ、長いあいだ、几《き》帳面《ちょうめん》な文字に見入っていた。

《俺は学校に行けるようになってすごく良かったしゅうのおかげだ。感謝してる。
今度は俺が待ってる。
ずっと待ってる。
でも、無理はするなよ。
崇史》

繊細《せんさい》でどちらかといえば気の弱い崇史が、あの事件のあとで学校へ行くには相当の勇気がいったに違いない。そのことが、しゅうにはよくわかった。今、自分にその勇気があるだろうか。崇史の期待にこたえられるだろうか。家の外で待《ま》ち伏《ぶ》せているのはあのヤクザだけではなく、崇史や三Bの仲間もまた自分を待っていてくれるのだと思うと、どす黒く固まっていた不安が溶《と》けていく感じがした。最後のページは寄せ書きで、〝30人そろって三Bだぞ！〟という飾り文字のまわりを、みんなの名前がぐるりととりまいていた。

翌朝も、崇史は学校へ行く前にしゅうの家の前まで来た。会えはしなかったが、しゅうが毎日来てくれたように、自分もしゅうのそばに居《い》てやりたかった。メールを打とうとケータイをとりだすと、新着《しんちゃく》メールが入っている。しゅうからのはじめての返信を崇史《たかし》は急いで読んだ。

『ノートみた。ありがとう』

たった一言だけのメッセージだが、崇史はやっとしゅうとつながったことにほっとして、学校へ行った。学校ではもう三者面談《さんしゃめんだん》がはじまり、三年生は志望校をしぼりつつある。しかし、これまでは二人三脚《ににんさんきゃく》ともいえるほど一人息子の受験勉強に熱心だった崇史の母親も、今はそれどころではない。のんびりすることが罪悪《ざいあく》のような気がして時間を惜《お》しんで勉強してきた崇史にしても、今は受験よりしゅうのことの方が心配だった。金八先生は歩けると言っていたが、本当は大けがをしているのではないか、と思ったりもした。

翌朝も、崇史はしゅうの家の前までやってきて、しゅうとよじのぼった半壊《はんかい》のトラックのそばにしばらくたたずんでいた。いつものように、遅刻《ちこく》ぎりぎりの時間までそこにいて、メールでひと声かける。

崇史が行こうとすると、突然、玄関があいてしゅうが出てきた。ちゃんと制服を着て、かばんを肩にかけている。すぐに崇史と目が合って、しゅうはびっくりしたように立ち止まったが、黒い目に崇史のよく知っている微笑《びしょう》をうかべた。

「遅くなってごめん」

「ああ。大丈夫？」

しゅうはうなずいて、崇史の横に立った。顔にはまだ痛々しい傷あとが残っていたが、しゅうの足どりは確かだった。二人は、連《つ》れ立《だ》って学校へ向かった。言葉はあまり交《か》わさなかったのは、二人とも嬉《うれ》しさをかみしめていたからだった。

教室の前まで来ると、さすがに足がすくんだが、崇史にうながされて一緒に中へ入った。しゅうは、三Bに歓声《かんせい》で迎《むか》え入れられた。しゅうは恥ずかしそうに、ノートのお礼を言った。それからあらためて、仲太郎《しんたろう》と博明《ひろあき》に助けてもらったお礼を言った。仲太郎は照《て》れて口の中でもごもごと返事をしただけだったが、しきりと目をしばたたいた。

久しぶりに全員そろった三Bたちを前に、金八先生も満面《まんめん》の笑《え》みで出席をとった。

「しゅうがもどってきてくれたのも、みんなの言葉の力のおかげだね」

崇史は手を伸ばして、しゅうの手から寄せ書きのノートをとると、最後のページをあけて返し、名前の寄《よ》せ書《が》きのところを指さした。みんなのサインの間に、名前をもうひとつ書き入れるためのスペースがあけられていた。しゅうはペンをとりだして、くっきりと自分の名前を書き入れた。

金八先生は万葉集《まんようしゅう》の授業をする間も、上機嫌《じょうきげん》だった。

「しゅうがもどってきてくれたのも、きみたちの言葉の力のおかげだね。ときをこえて、言葉は人の心を打ちます。古文《こぶん》を勉強すると、その中に一四〇〇年のときをこえ、幾人《いくにん》ものクラスメートを見つけることができます。はい、額田王《ぬかたのおおきみ》に負けないラブソングを作ってみよう」

「えーっ」

三Bたちは、嘆《なげ》きながらも楽しそうだった。崇史《たかし》としゅうは目配《めくば》せして笑った。舞子《まいこ》や伸太郎は、しゅうの元気な姿がうれしくて、授業中もちらちらとしゅうを見てしまうのをとめられないようだ。金八先生はそんな三Bたちの姿を、教壇《きょうだん》の上から微笑《ほほえ》ましく眺《なが》めていた。

学校が終わると、しゅうのまわりにはいつの間にか人が集まってきた。いつまた襲《おそ》われるかもしれないしゅうを一人で歩かせないようにという、三Bたちの無言《むごん》の配慮《はいりょ》からだった。三Bたちは、木枯《こが》らしの吹き抜ける土手《どて》の道を、わいわいと楽しそうに歩いていった。

V　信じてよ、先生

「年が明けたら受験というのに最上級生が殴り合って」と、３Ｂへの怒りがおさまらない北先生に伸太郎が、「おれらの問題はおれらで解決するから」と。

高校生の麻薬所持《まやくしょじ》やしゅうへの暴行事件があってからというもの、町をパトロールする警官の姿を多く見かけるようになった。使命感に燃えているのは大森巡査たち、警察のパトロール隊だけではない。遠藤先生や地域の有志からなる夜回り隊も、毎夜、忙しく見回りをしていた。こちらは、おもに青少年の非行《ひこう》を防《ふせ》ぐ方が目的だ。最近では壁にスプレー落書《らくが》きをするグループとの追いかけっこも加わって、夜回り隊の仕事は増える一方だった。中途半端《ちゅうとはんぱ》を嫌う遠藤先生は、卒業生たちと見回りをするときは、徹底的に細い路地裏《ろじうら》までくまなくパトロールすることをモットーとしている。この日も、コンクリート塀に新たに出現した派手《はで》な落書きを見つけて、遠藤先生はいきりたった。

「クソッ、絶対とっつかまえてやる！」

ふと見ると、わき道の暗《くら》がりに人影《ひとかげ》がある。抱き合っている男女、といっても、ずいぶん幼い。遠藤先生は、迷わず声をかけた。

「きみたち、そんなとこで何やってんの？」

「そんなじろじろ見ないでくれる？　キスしてただけだから」

ふりむいた少女の顔は、頬《ほお》がふっくらとしてあどけなかった。

「だけだからって、きみたち、どこの中学だ？」

「いちいちうるせえなあ、小学生だよ」

面倒《めんどう》くさそうに答えた少年も、まったく悪びれる様子《ようす》がない。

「小学生？」

驚《おどろ》きのあまり遠藤先生の声がうらがえった。何ごとかと、先を歩いていた夜回り隊員が引き返してきた。

「だから、キスしてただけって言ったでしょっ」

遠藤先生たちは、逆に少女から不潔《ふけつ》なものを見る目を向けられたのだった。

翌朝の職員室で、遠藤先生はさっそく昨夜のできごとを話した。

「小学生がですか？」

驚いた教師たちは、仕事の手をとめていっせいに遠藤先生の方を見た。

「それこそ人の恋路《こいじ》を邪魔《じゃま》するやつは、みたいな目つきされちゃいましてね」

遠藤先生は、弱りきった苦笑《くしょう》をうかべた。

「そんなことで大人がひるんでどうするんですか！」

「ひるんでなんかいませんよ！」

小学四年生の娘をもつ乾《いぬい》先生が、他人事《ひとごと》ではないとつい声をあらげると、遠藤先生も少しむっとした様子《ようす》で言い返した。生活指導のベテランでもある北先生の頭の中では、すでに事態がエスカレートしているようだ。

「それで遠藤先生、その不純性交《ふじゅんせいこう》の小学生の名前は聞いておいたかね？」

「性交はしとらんです、キスをしとったのです」

「しかし、男なら君も次なる行為は想像がつくでしょう。服装《ふくそう》に乱《みだ》れはなかったですか？」

「暗いし、そこまでは見ていません」

「暗いから問題なんでしょう！」

北先生は舌打《したう》ちした。

「けど、うちの生徒じゃないし、何もそんなにむきになることは……」

若いライダー小田切《おだぎり》には、北先生の厳《きび》しく取り締まるやり方が、なんとなくけむたかった。けれども、すぐにライダー小田切を制したのは、桜中学でもっとも開放的な英語のアシスタント・ティーチャー、シルビア先生だった。

「ノー、それはダメ。イケナイことはイケナイと子どもに教えないと、みーんなＨＩＶになるね！」

「ＨＩＶ……」

一瞬、職員室は凍りついた。

「おどかさないでよ、シルビア先生」

「ノー、本田先生。アフリカもアジアも子どものエイズ患者、増えてるね。ジャパンもねっ。だからエデュケーション！」

「ど、どうしますか、教頭先生！」

北先生は、大あわてで、国井《くにい》教頭の指示をあおいだ。しかし、国井教頭は物思《ものおも》いにふけっている。先日、和田校長の推薦する次期桜中学の民間校長候補という人物が、桜中学を見学に来て以来、国井教頭はぼんやりしたり、急に怒り出したりする頻度《ひんど》が増《ま》したようだ。千田《せんだ》校長はいまだ立ち直らず、今では、すべてにおいてパイプ役をはたそうとはりきっている北先生が、実質的に全体をとりまとめている感じだ。

「ほうっておいていいことではありません。知ってしまった以上、向こうの小学校の耳にも入れておくのが筋《すじ》でしょう。よろしければこの私が出向きますが」

国井教頭ははっと夢からさめた。

「いいえ、学校どうしのことだったら、やはり校長代理の私が行かなければなりません。

ところで、何のことですか？」

「エイズですよ、エイズ」

「エイズ？」

国井《くにい》教頭は椅子《いす》からとびあがった。


遠藤先生から詳細を聞いた国井教頭は、早い方がいいだろうと、さっそく桜中学からほど近い椿《つばき》小学校をたずねた。桜中学は、毎年ここの卒業生のほぼ全員を受け入れている。杉山校長とも面識《めんしき》がある。国井教頭は、深呼吸《しんこきゅう》をひとつして、校門をくぐった。

小会議室に通されて待っていると、杉山校長が若い女性教諭と問題の児童二人を連れて、入ってきた。その顔を見て、国井教頭はうれしそうな声をあげた。

「まあ、伊丸岡《いまるおか》さんね」

伊丸岡ルミは桜中学の卒業生で、もと三Bの学級委員だった。穏《おだ》やかでしっかりした生徒で、国井教頭もよく覚えている。担任のルミにしぼられたのか、少年、少女は遠藤先生が言っていたような、大人をバカにした態度ではなく、神妙《しんみょう》な顔つきで国井教頭と校長にきちんと謝《あやま》って、部屋を出て行った。

「どうもお恥ずかしいことでご足労《そくろう》をおかけいたしました」

杉山校長が恐縮《きょうしゅく》して頭を下《さ》げるその横で、ルミも一緒に深《ふか》ぶかと頭を下《さ》げた。国井教頭は、北先生の言葉に従って報告に来たものの、小学生のキスのことなどは、もはやたいして問題にしていなかった。それよりも思わぬ場所で卒業生に会えたことの方が誇《ほこ》らしく、杉山校長には機嫌《きげん》のよい顔を向けた。

「いいえ、六年生でしたら来年は桜中学に入ってくる可能性がありますもの、私どもも他人事《ひとごと》ではありませんわ」

「本当に申しわけありません」

国井教頭の笑顔を見ても、ルミの表情は晴れない。忙しい校長が先に部屋を出てしまうと、国井教頭もくつろいだ表情になって、ルミをはげました。

「あの伊丸岡さんが、こうして小学校の先生になってがんばっているところを見られるなんて、ほんとうにうれしいわ。あなたがそんなに落ち込むことはないんですよ」

「ありがとうございます……実はこのほかに個人的に相談にのっていただきたいことがあって……」

ルミは相変わらず曇《くも》った表情のまま、声をひそめた。校長には口どめされていたのだろう。ルミの相談というのを聞いて、国井《くにい》教頭も頭を殴《なぐ》られたようなショックを受けた。

「……うちのクラスに妊娠していると思われる子がいるんです」

ルミはほとんど泣き出しそうだった。国井教頭にしてみれば、若いルミだってまだ子どものように見える。児童《じどう》の妊娠《にんしん》事件とあれば、困惑《こんわく》するのも当然《とうぜん》だ。それよりも、まず、そんなことがあり得るのかどうか、国井教頭にもにわかには信じられなかった。忠告《ちゅうこく》に行ったつもりが、思わぬ土産《みやげ》を持たされてしまった。ルミを励《はげ》ましはしたものの、椿《つばき》小学校を出る教頭の足取《あしど》りは重かった。


国井教頭は桜中学に戻るとすぐに、金八先生と本田先生に相談した。本田先生の説明は国井教頭と金八先生の期待をあっさりと打ち砕《くだ》くものだった。

「小学校六年生でも生理があるっていうことは、セックスという行為《こうい》によって妊娠するわけで、少しも不思議なことではないんですが……」

国井教頭は険《けわ》しい顔になった。椿小学校で謝りに来た少女は、たしかに顔こそあどけなく、体も細かったが、背は自分よりも明らかに高かった。小学校の廊下《ろうか》には、後ろ姿を若い教師と取り違えそうな、大人びた少女が軽《かろ》やかに歩いていた。

「ところがその子の親は妊娠を認めず、病院へも連れて行ってないので、想像妊娠ではないかと……」

「病院へ連れて行ってないんですか！」

本田先生が思わず大声をあげた。廊下までひびいたその声に足をとめた生徒がいることも知らず、国井教頭は話し続けた。

「相手の男というのが、友だちのお兄さんということだけはわかっているのですが、名前はがんとして言わないそうなんです」

本田先生も金八先生も、ショックのあまりしばらく言葉が出なかった。教頭は大きなため息をついた。

「なんという時代になったんでしょうねえ」

「……はい」

三人の頭の中には、おのずと過去の事件が浮かび上がっていた。もう、二五年も前になる。一五歳で親になった三Bのクラスメイトがいた。純愛の結果だったが、周囲が気づいたときにはすでに妊娠七カ月で中絶《ちゅうぜつ》はできず、金八先生たち桜中学の教師は一丸《いちがん》となって「愛の授業」を展開《てんかい》し、一五歳の彼と彼女を支《ささ》えたのだった。また当時の三Bたちも全力でクラスメートを守った。その友だちの励《はげ》ましを裏切《うらぎ》るまいとして、若すぎる二人はがんばったのだった。

当時、若い金八先生や養護《ようご》教諭《きょうゆ》でのちに金八先生と結婚した里美《さとみ》先生に迷《まよ》いはなかった。けれど、結果的に自分たちは残酷《ざんこく》なことをしたのかもしれない、と金八先生が思ったのは、その後一五年がたってからだった。伊丸岡《いまるおか》ルミはその一五年後の三Bの生徒だ。クラスには、金八先生が歩《あゆみ》と名づけた赤ん坊、中三で母となったあの教え子浅井雪乃の子がいたのだ。教頭に相談があると持ちかけたルミの頭にも、歩のことがあったに違いない。

「今度はどういうふうになるのかしら」

本田先生がつぶやくと、国井教頭はわれにかえり、切り捨てる口調《くちょう》で答えた。

「まあ、逃げるわけじゃありませんが、今回は椿《つばき》小の問題で、本校の問題ではないのですから」

「でも、その子の担任は三B卒業生の伊丸岡ルミなんでしょう。教師になってまだ二年目ですし……」

金八先生はすぐにもルミのところへ行ってやりたい気持ちだった。しかし、教頭は、第三者としての立場をとることに心を決めたようだ。

「彼女にはたいへんな試練《しれん》になりますねぇ」

すでに教頭の口調は、ルミに距離をおいたものになっていたが、金八先生はかまわず続けた。

「試練はともかく、私は、個人的に時間をつくって、話を聞いてやろうと思います」

「私もおつきあいさせてください」

本田先生も真剣だ。

「そうですか。それはけっこう。ただし、そういう騒動をこの桜中学へ持ち込まないでくださいね」

二人の教師を横目《よこめ》に見て、国井教頭は立ち上がり、捨てぜりふを残して、保健室を出て行った。


保健室の前でショッキングなニュースを立ち聞きしたのは、三Bの信子《のぶこ》だった。ニュースは一瞬にして教室中にひろがった。

「小学生がガキつくったぁ?」

「中学三年が小学六年に負けちゃ、女たらしのメンツ丸つぶれじゃんか」

直明《なおあき》がふざけて、量太《りょうた》をこづいた。

「いいの。おれさまは、ヤヨひと筋《すじ》さ」

「負けずにがんばれよ」

チビの真佐人《まさと》が甲高《かんだか》い声をあげる。

「おまえみたいなお子ちゃまはダメだ」

「なにぃ？　チビだっておれはちゃんと男だぞ」

三Bはたちまち蜂《はち》の巣《す》をつついたような騒《さわ》ぎになった。ニュースをもってきた信子《のぶこ》は、あわてて叫んだ。

「やめて！　私、そんなつもりで言ったんじゃない。坂本先生も本田先生もほんとに困ってたもん」

「ぶりっ子だねえ、信子は。あんたエッチしたことないの？」

浩美が悪ぶって言うと、信子はわっと泣き出してしまった。

「やめなよ、そんな不潔《ふけつ》な話」

祥恵《さちえ》が止めようとするが、わざと煽《あお》るものもいて、面白がっている三Bを止められるものはいなさそうだ。

「おれたちみんな、その不潔な結果で生まれたしぃ」

「けど、小学六年のときの子じゃねえだろ」

「で、どこの小学生さ?」

「椿《つばき》小だって」

うわさ話は無責任にふくらんでいった。いつもなら、話の中心に立って騒ぐはずの伸太《しんた》郎《ろう》は、だんだん無口《むくち》に青ざめていくが、誰もそれに気づかない。

チャイムが鳴り、教科書を小脇《こわき》にかかえた金八先生が入ってくると、みんなはあわてて席についた。教科書を出す前のちょっとしたすきをついて、後ろの席から孝太郎が大きな声で言った。

「先生よぉ、先生の初エッチって、中学校? 小学校?」

それまで騒いでいた生徒たちも、あまりにストレートな質問にさすがにギョッとして孝太郎と金八先生の顔を見くらべた。金八先生はまったく動じずに、孝太郎を見返している。

「バカチンが! そんな大事なことをペラペラしゃべると思うか」

金八先生は適確にかわしたつもりで、授業に入ろうとすると、玲子《れいこ》がひきとめた。

「先生、なんでですか？」

「レイコさん、大胆《だいたん》！」

たちまち教室は笑い声や口笛《くちぶえ》でうるさくなる。金八先生は思春期《ししゅんき》の生徒たちの顔をぐるっと見渡《みわた》した。

「私の恋が笑いものになります。私の恋は思いつめた恋でした。みんなにぺらぺらしゃべると、私の恋が汚《よご》れます。どうか、私の恋にさわらないでください。それは、私にとって宝石のようなものなんです。これでいいか、玲子」

玲子はかすかに微笑《びしょう》し、はっきりした声で答えた。

「わかりました。宝物だから簡単に話せないんですね」

「うん。言葉にできない、見えない文字で書かれた思い出。それが初恋でした。値段のつけられない宝石のような思い出。それが坂本金八まるごとの恋愛でした。すぐに人にしゃべりたくなる、胸におさまらない恋は恋ではありません。何年たっても、たとえ結ばれなくても、どうかいつも大切に胸に抱《だ》いている宝のような恋をしてください」

いまや玲子だけではなく、三B全体がしんとなって、金八先生の言葉を聞いていた。あこがれる人の背中にちらと目をやる様子が、教壇からも見えて、初恋の季節のまっただなかにある生徒たちの胸のうちを思いやった。ひとり、伸太郎《しんたろう》だけが、金八先生の言葉など耳に入らないらしく、そわそわと髪をいじったり、爪《つめ》をかんだりしている。金八先生は万《まん》葉集《ようしゅう》の二つ目のボードをとりだした。

金八先生はルミとそうそうに連絡をとり、昼休みと空《あ》き時間を使ってとりあえず話だけでも聞くことにした。本田先生と一緒に急いで出かけようとすると、職員室のドアの前で伸太郎と鉢合《はちあ》わせした。

「なんだ、どうした?」

いつも態度の大きな伸太郎が、金八先生の顔を上目《うわめ》づかいに見ながら、めずらしく、もじもじと言いよどんでいる。金八先生ははっとして、片手を伸太郎の前に突き出した。

「あ、給食費。持ってきたのか?」

「んなんじゃねえよっ」

伸太郎は横を向いて、小さな声で言った。

「今日、ヒマ?」

「ひまじゃないよ。帰ってきてからでいいだろ。じゃな」

金八先生はそう言い捨てて、急いで昇降口《しょうこうぐち》へ向かった。

「なんでもねえよっ、バーカ」

伸太郎《しんたろう》はくやしまぎれに金八先生の背中に叫んだ。


ルミは近くの喫茶店《きっさてん》で金八先生と本田先生に向き合うと、再び深《ふか》ぶかと頭を下《さ》げた。

「ほんとうに申しわけございません。ご心配おかけしました」

「心配してるとも。ルミがどんなに困っているかと思ったら、何か力になってやれないかと思ってさ」

金八先生の言葉を聞いて、ルミは早くも涙ぐんだ。

「で、その子に会えないかしら。こういったら失礼だけれど、若い伊丸岡さんが聞くよりは、私の方がお母さんっていうか、おばさんって感じでしょう」

そう切り出した本田先生の横で、金八先生もうなずいている。ルミは素直《すなお》に礼を言った。

「ありがとうございます。お願いします。その子、子どもを生みたいっていうんです」

「生みたいって⁉」

金八先生と本田先生が同時に聞き返した。頼りにならない両親の代《か》わりに、病院に付《つ》き添《そ》って行ってやろうとばかり考えていた二人の教師は、ふいをつかれて口がきけなかった。

ルミは真剣な表情で続けた。

「相手の名前を聞こうと、私がしつこかったのかもしれません。すっかり意地《いじ》になってしまって」

「ダメよ、生めるわけがありません」

本田先生がすぐにさえぎったが、ルミは食い下《さ》がった。

「でも、私たちの同級生に歩《あゆみ》くんがいたじゃないですか。歩くんが生まれたとき、両親は中三だったんでしょう？　だから、どうしてもというのならば、私……」

ルミは、真剣に教え子に寄《よ》り添《そ》って考えてやろうとするあまりに、混乱しているようだった。金八先生はきっぱりと首を横にふった。

「いや、中学生と小学生はぜんぜん違うよ」

「でも……」

意地になっているのは、ルミも一緒かもしれない。本田先生は、やさしく諭《さと》しはじめた。

「伊丸岡《いまるおか》さん、昔はね、〝ねえやは一五で嫁《よめ》に行《ゆ》き〟って歌があってね、一五歳は実家の口べらしと、労働力として結婚させられる年齢だったのよね。本当はまだ早いのだけれど出産できない年ではないわ。でも、小学六年ではいくら体が大きいからといって、おなかの中で赤ちゃんを育てる子宮《しきゅう》や、赤ちゃんを産《う》み落とすときに広がるはずの骨盤《こつばん》など、生物学的に未熟《みじゅく》すぎます。下手《へた》をしたら死ぬわよ」

「でも、帝王切開《ていおうせっかい》なら?」

「そうね、でも、おなかをポンと断《た》ち割《わ》って赤ちゃん取り出して、それで万事《ばんじ》OKというわけじゃないことぐらいわかるでしょ。赤ん坊はお人形ではありません」

本田先生の口調《くちょう》がこころなしか厳《きび》しくなり、ルミは黙《だま》った。本田先生の言うことがもっともだと思う気持ちと、心のどこかでわかりたくないという気持ちとが拮抗《きっこう》していた。小学生といえども、恋する気持ちは変わらないのではないか。だとしたら、小さな体に宿《やど》ったその小さな命を消してしまえ、と言うことはできないとルミは思った。金八先生はそんなルミの様子《ようす》をじっと見ていたが、やはり穏《おだ》やかだが有無《うむ》を言わせぬ強さで言った。

「義務教育としての中学生活はどうするんだ? その子にはあと三年間、学校生活が待っているんだよ。その間、親に面倒《めんどう》みてほしいと思っているのなら、甘いよ。それは子どもの考えだよ。子どもが子どもを生んでどうするんだ?」

ルミは大きなため息をついた。

「どうしたら、いいのでしょう」

「同じ女性としては本当に残念だけれど、母体保護法《ぼたいほごほう》から考えて中絶《ちゅうぜつ》するほかはないわね」

ルミはうるんだ瞳《ひとみ》で、すがるように本田先生を見て言った。

「……私、その子の相手が憎いです！　その子もたぶん相手を愛しているんでしょう。でも、その子が名前を言わないのをいいことに責任をとろうとしないなんて、私、許せません」

「ああ、許してなるもんかよ」

ルミにも金八先生にも、なんとなくだが、その少女の相手というのが同じ六年生とは思えないのだった。昨夜、夜回り隊が見つけたのは、小学生のカップルだったが、それにしたって、女子にくらべまだ幼くみえる六年生の男子が、少女を身ごもらせることができるような気がしなかった。

「で、その子に何でも話すような仲のよいお友だちはいないのかしら」

本田先生が嘆息《たんそく》まじりに言うと、ルミはぱっと瞳《ひとみ》を輝かせた。

「一人います。とっても仲よしで狩野亜美《かのうあみ》というんですが。あ、お兄さんがいて、たしか桜中学の三年のはずです」

「三年の狩野……！」

その名を聞いて、金八先生の顔色が変わった。

桜中学へもどった金八先生は、すぐに教室へ向かった。ちょうど、掃除《そうじ》の真《ま》っ最中《さいちゅう》で、教室内に目をはしらせると、隼人《はやと》たちがほうきの柄《え》でちゃんばらごっこをやっているかたわらで、仲太郎《しんたろう》は机に寄りかかって立っていた。見物をしているわけではなく、心ここにあらずといった様子《ようす》で、手にした雑巾《ぞうきん》をもてあそんでいる。めずらしく肩を落として、元気がないのが仲太郎らしくない。

「仲太郎、ちょっと」

手招《てまね》きすると、仲太郎ははっと目をあげ、大急ぎで金八先生のそばに走ってきた。

「うん、おまえにな、その、少し、聞きたい話があるんだけどな」

仲太郎はぴたりと金八先生のそばに寄ると、あたりに目を走らせてから、ひくい声で言った。

「おれも聞いてもらいたい話があるんだ。夜、先生ん家《ち》へ行っていいかな？」

「うちへ？　……ああ、いいよ」

いやな予感が的中《てきちゅう》したと思い、金八先生は腹をくくった。

「……妹もいいかな？」

「ああ、いいよ」

仲太郎は少しほっとした様子で、みんなの方へ戻っていった。


その夜、仲太郎は、髪を二つに結《ゆ》わえた、おでこの広い少女を連れて、金八先生の家へやってきた。兄妹よく似ているというべきか、妹の亜美は仲太郎以上に物おじしない性格のようで、はきはきと挨拶《あいさつ》し、通された和室で金八先生と向き合い、仲太郎と並んで座《すわ》ると、こわい目で兄をにらみつけていた。

仲太郎の話というのは、金八先生が危惧《きぐ》していた通りのことだった。妊娠した小学生の相手の男が、仲太郎だというのだ。しかし、そう主張するのは妹の亜美の方で、仲太郎自身は、濡《ぬ》れ衣《ぎぬ》だと言い張った。乙女《おとめ》と幸作《こうさく》は、台所でお茶の用意をしながら、まるでかみ合わぬ兄妹の会話に耳をすませていた。

「だから先生、こいつになんとか言ってやってよ。おれには身に覚えがないんだもの」

「きったない。どうして正直に言わないの。私にはちゃーんとわかってんだから、卑怯《ひきょう》もん！」

あの小憎《こにく》らしい、へらず口の天才の伸太郎《しんたろう》が、小学生の妹と言い合って、まるで劣勢《れっせい》なのに、金八先生は苦笑《くしょう》した。

「亜美ちゃん、ちょっと待ってくれる？　ちゃーんとわかっているとはどういうことよ？」

「だって、その子が相手はうちのお兄ちゃんだって言ったもん」

「先生ぇ〜」

伸太郎は涙ぐんで頭をかかえた。

「待て待て、おまえも泣いてばっかりいないで、やったことをちゃんと思い出してごらんよ」

「してねえってば！　おれ、ほんとになんにもしてねえってば！」

必死で否定する兄の言葉をさえぎって、亜美はキンキンひびく声で頭から決めつけた。

「だったら、どうしてマドカに赤ちゃんができたのよ。言っとくけど、私だってもう子どもじゃないんだから、エッチしなければ赤ちゃんができないぐらい知ってるもん」

亜美は伸太郎に口をさしはさむ隙《すき》を与えず、早口《はやくち》にまくしたてた。頭に手をやったまま黙りこんでしまった仲太郎を見て、金八先生はさすがに気の毒になった。

「けどね、亜美ちゃん。お兄ちゃんはエッチした覚えはないと言ってるだろ」

「信用できるもんか！」

「そりゃないよ。信用してあげようよ。お兄ちゃんじゃないか、な。家族なんだからさ、ね」

しかし、亜美はぷいっと横をむいた。家族、と言ってから、金八先生ははっとして、仲太郎にたずねた。

「ちょっとちょっと、それでお父さんとお母さんはこのことなんておっしゃってる？」

「親は知らねえ」

仲太郎のそっけない返事に、金八先生は驚いた。

「ええっ、だっておまえ、こんな大事なことなのに？」

「あいつら、おれらに興味ねえもん」

仲太郎《しんたろう》はぼそっと答えた。金八先生は、校長の命令で給食費を取り立てに行ったときの仲太郎の両親の態度を思い出した。父親は狩野鉄工《かのうてっこう》の社長というだけあって、羽振《はぶ》りのよさそうな身なりをしていたが、たしかに仲太郎の言うとおり、息子のことなどまったく興味はないという態度だった。母親も同様で、その達者《たっしゃ》なしゃべりにのせられて、金八先生はまんまと逃げられたのだった。その後、入学当初から一度も払われていない伸太郎の給食費は、一円も納《おさ》められることはなく、伸太郎の親は授業参観《じゅぎょうさんかん》にも、進路を決める三者面談《めんだん》にも、姿を見せなかった。金八先生はひそかに伸太郎に同情したが、伸太郎ははなから親をアテにしていない様子だ。代《か》わりに、伸太郎は目の前の金八先生に泣きついた。

「先生、おれが白状《はくじょう》しなかったら、こいつ、友だちのためにおれのこと言いふらすって言うんだぜ。もう、どんな顔して学校へ行ったらいいんだよ」

「そりゃおまえ、潔白《けっぱく》なんだったら、正々堂々《せいせいどうどう》、学校へ出てくりゃいいんだよ」

「そんじゃ、マドカはどうなるのよっ」

亜美《あみ》が目を三角にして、叫んだ。

「だいじょうぶ。亜美ちゃんの担任の先生はね、私の知り合いなんだ。それに中学校にはね、養護の本田先生がいらっしゃるから。話を聞いてもらって、マドカちゃんのために一番いい方法を考えるから、ね」

友だち思いの妹は、くちびるをきゅっと結んで、真剣にうなずいた。が、その後、伸太郎の方をあごでしゃくって、つめたく言い放《はな》った。

「エッチをした相手はお兄ちゃんだ」と言い張る妹に、そんな覚えはないと伸太郎は涙声。「潔白なんだったら、正々堂々としろ」と金八先生は励ます。

「でも、こいつのことはどうする？」

「ああ、こいつ？　こいつは、先生にまかせてくれる？　ね」

金八先生は、にこやかに言うと、台所からのぞいている乙女《おとめ》に目で合図《あいず》を送った。

乙女はお茶の用意のできた盆を持ってきて、亜美と伸太郎の前に、ケーキとジュースを出した。

「はい、どうぞ、めしあがれ」

とがっていた亜美の目が、一瞬にしてとろけそうに笑った。

「はいっ、遠慮なくごちそうになります。けど」

そう言って、亜美は自分の前に置かれたイチゴのショートケーキと伸太郎の前に置かれたモンブランを見比《みくら》べた。

「わたし、あっちの方がいいな」

「おまえ、行儀《ぎょうぎ》わりいんだよ」

伸太郎《しんたろう》がたしなめると、亜美《あみ》はまたぷっとふくれた。

「ケチ！」

「ほらほら、かわいい妹のためだ。とっかえてあげなさい」

金八先生が伸太郎にうながすと、さっきからやられっぱなしの伸太郎に同情したのか、乙女《おとめ》が聞こえよがしの大きな声でため息をついた。

「わかるなあ、このお兄ちゃんの気持ち」

「なに？」

「私、おまえはお姉ちゃんだからって言われて、弟の幸作《こうさく》にいろんなものを無理してゆずってきたけど、今でもあれは惜しかったなと思うものもあるのよ。あれって逆差別だったんじゃないかな」

乙女の恨《うら》み節《ぶし》に、思い当たらぬことがないわけでもない金八先生はぐうの音も出ない。

乙女はくすりと笑うと、亜美の方をふりむいた。

「だいじょうぶ。モンブランなら、あっちにもうひとつあるのよ。食べる?」

「ハーイ」

亜美は上機嫌《じょうきげん》で、乙女のあとについて台所に消えた。伸太郎はといえば、ケーキどころではない。

「先生ぇ」

絶対絶命だといわんばかりに泣きつく伸太郎に、金八先生は真顔《まがお》で聞いた。

「ひとつだけ、まじめに聞くぞ。おまえ、本当に身《み》に覚《おぼ》えはないんだな?」

「ナシッ、絶対にナシッ」

「でもな、伸太郎、こういう問題の難しさは、男がやってないって言っても、なかなか信じてもらえないところにある」

「先生、信じてよ」

伸太郎は頭をかきむしった。

「信じてるよ。おれはおまえのこと信じてる。三年B組の教え子だからな。でもな、相手もおまえのことを名指《なざ》ししてるんだ。だから、相手からも、きちんとこの事情をおれが聞くぞ。いいな」

ようやく救いの光が一筋《ひとすじ》みえた。伸太郎は金八先生の前にきちんと正座《せいざ》し、いずまいを正《ただ》すと、きちんと手をついて頭を下《さ》げた。

「お願いしますっ」

翌日、金八先生はルミと約束して、本田先生とともに当の少女に会いに行った。亜美《あみ》とは感じが違って、すらりと上背《うわぜい》のある少女は中学生といってもじゅうぶん通りそうだった。緊張しているのか、喫茶店のテーブルにすわり、マドカは終始《しゅうし》うつむいたまま、運ばれてきたジュースにも手をつけなかった。本田先生は、なんとかマドカの気持ちをときほぐそうと、やさしい声で病院へ行くことを説得しようと試みた。

「……だからね、ちゃんと病院に行ってお医者さまと相談しなければならないの。そのときもマドカちゃんが相手の名前を言いたくなければ言わなくていいのよ。今、伊丸岡《いまるおか》先生と私にとっていちばん大切なのは、あなたのことですからね」

マドカは三人の大人の視線を浴びて、じっと身を硬《かた》くしたまま、黙っている。ルミはそんな教え子を、痛々《いたいた》しくて見ていられず、けんめいにはげました。

「いいのよ、私だって中学生になってなんとなく気になって気になってたまらない人と出会ったわ。けど、先生ね、今日まで誰にも話したことないし、名前も言ったことないわ」

「愛してるのよね、マドカちゃんは。だったら、その愛を大切にするためにも……」

本田先生も必死だ。けれど、ルミや本田先生が親身《しんみ》になればなるほど、マドカの顔はこわばり、追いつめられた表情になった。テーブルの下で落ち着かずに、スカートのすそをいじっているマドカをじっと見ていた金八先生が、ふいにきっぱりと言った。

「違いますね。マドカちゃん、エッチしていい愛には、決まりがあるんだ。あなたはまだ勉強していないでしょう。それは、誰も傷つけちゃいけない、という決まりだよ。自分も傷つけちゃいけない。でも、今度のことでは、傷つく人が多すぎるよね。お母さんでしょ、お父さんでしょ、マドカちゃん自身でしょ、伊丸岡先生でしょ、そのほかにも傷ついている人がいるんだ。これは愛でもなければ恋でもない。……マドカちゃんはナイフで刺《さ》されたんだよ。だから、これから病院へ行って傷の手当てをします。わかるね?」

マドカはぴくりと身をふるわせた。そして、ようやくそのあどけない唇《くちびる》を開いた。

「私、やせるクスリのんだの」

蚊《か》の鳴くような声だった。

「やせるクスリ?」

「で、もっとやせたいから、またクスリをちょうだいと言ったら、エッチさせろって」

「いったい、誰がそんなひどいことを言ったの！」

ルミが悲鳴に近い声をあげた。本田先生は、手で口をおおったまま、息ができないような顔をした。

「近所のおじさん」

「なんですって！」

驚く大人たちの前で、マドカはせきを切ったように泣き出した。


こうして伸太郎《しんたろう》の潔白《けっぱく》はあっけなく証明されたのだった。金八先生は伸太郎のためにほっとすると同時に、いたいけな少女が歪《ゆが》んだ大人の欲望やドラッグにいとも簡単に踏《ふ》みにじられていく姿を目の当《まあ》たりにして、後味《あとあじ》が悪すぎた。許せなかった。金八先生たちはすぐに警察に連絡を入れ、マドカを餌食《えじき》にした男は逮捕《たいほ》された。

放課後、三Bたちが帰った教室で、金八先生はことの次第《しだい》を伸太郎に話してきかせた。話を聞いて伸太郎は、丸い目をさらに丸くした。

「それじゃ犯人は?」

「小学生だまして、覚せい剤売りつけて、つかまらないわけがないさ」

「でも、なんであの子、相手はおれだって言ったの？」

「うん……亜美ちゃんみたいに、やさしいお兄さんがほしかったんだろ」

ひとりっ子のマドカにとって、親友の兄はあこがれの対象だったのかもしれない。伸太郎はどきっとしたが、照《て》れ隠《かく》しに大きな伸《の》びをした。

「いやあ、でもほんとによかったぁ。おれ、もう家出するしかないかと思ったぜ」

「何言ってんだ、アホ。犯人でもないのになんでおまえが家出すんだよ」

「だって妹はほら、ぜんぜん信用してくんないしさ、親だってあてになんねえし。それで、どんどん話ばっか大きくなって……。おれ、ほんとに家出するしかねえかと思ったよ」

夕暮れの教室でぺらぺらしゃべっているのは、いつもの元気な伸太郎だ。

金八先生にはもう、教室で横柄《おうへい》な口ばかりきいている伸太郎が、案外繊細《あんがいせんさい》で気の小さいところがあることがよくわかっていた。出会ったばかりの頃は、正直なところかわいげのない少年だと思ったが、今では教え子のつっぱりがかわいらしく思える。金八先生は伸太郎と一緒に、心から喜んでやった。

「よかったな」

妊娠騒動で犯人にされかかり「家出するしかないと思った」と言う仲太郎。潔白が証明され、しみじみと「三Bでよかった、ありがとう」と頭を下げた。

「ああ、ほんと、三Bでよかった。おれ、助かったよ。ありがとう」

仲太郎は自然に礼を言って、頭を下《さ》げた。そして、にやにや笑いながら、素直《すなお》な仲太郎を眺《なが》めている金八先生と目が合うと、真っ赤になった。

「……とかなんとか言ったりして」

ぽろりと出てしまった自分の素直さを打ち消すように、あわてて言葉を付《つ》け足《た》し、仲太郎は飛びはねながら教室を出て行った。

仲太郎の潔白《けっぱく》が証明されて、一件落着《らくちゃく》したかに見えたこの事件は、それから数日後、思わぬところから三Bたちに波紋《はもん》を投げかけた。この下町でニュースが伝わるのは早い。いつもダイエットの話題を繰りひろげているデカアスカとチビ飛鳥《あすか》、それにウガが、妊娠した小学生というのが、やせるクスリだと思ってドラッグを飲んでいたことをどこかから聞きつけてきたのも、あっという間だった。

「ほんとうにドラッグでやせられるんだったら、ちょっといいと思わない?」

「うん。たまごダイエットとかりんごダイエットより、ずっとききそう。それで、シルビア先生みたいにやせたら、すぐにやめればいいもんね」

あらゆるダイエットに失敗し続けているウガは、新しいダイエット方法に、はしゃいで賛成した。

「でも、そういうのって、いくらぐらいするのかなぁ」

「第一、どこに売ってんのさ」

「買えるわけないいじゃん」

いつものようにかしましく、話し合っていると、そばにいた孝太郎《こうたろう》がいきなり、顔をつっこんできた。

「試《ため》したいんだったら、頼《たの》んでやるよ」

「えっ、ほんと?」

「ダチに高校中退したやつがいてさ、頼めばなんだって手に入るぜ」

孝太郎は得意《とくい》げに答えた。デカアスカたちが目を丸くすると、孝太郎は以前、不良高校生から得た情報を得意になって話しだした。耳慣《みみな》れないドラッグの名前と解説をとくとくと語る孝太郎に、あすかたちはいちいち感心した声をあげる。孝太郎の斜《なな》め前に座《すわ》っているしゅうの顔がだんだんこわばっていくのを、崇史《たかし》は心配そうに眺《なが》めていたが、ついにたまりかねてしゅうが立ち上がった。

「孝太郎！　いいかげんにしろよ！」

女子に囲まれ、いい気分で説明していた孝太郎は、話に水をさされて少しばかりむっとしたようだ。

「なんだよ、うるせえな。いいだろ、べつに。おまえのオヤジだって持ってんだろ」

何げなく言った孝太郎《こうたろう》の言葉は崇史《たかし》の胸を突き刺した。崇史が黙って目をふせた次の瞬間、孝太郎はしゅうに胸ぐらをつかまれ、思いきりパンチをくらっていた。机の上に斜《なな》めに倒れこみ、起き上がろうとしたところを、しゅうはさらにやみくもに殴《なぐ》りつけた。怒った孝太郎が、大声をあげてしゅうに突進《とっしん》する。殴り合いをとめに入った崇史や量太《りょうた》も、はねとばされ、数人がかりで羽交《はが》い締《じ》めにするものの、暴《あば》れる二人の足で椅子《いす》や机も蹴《け》り飛ばし、教室内は大乱闘《だいらんとう》の騒《さわ》ぎとなった。

すると、突然、異様《いよう》な叫び声が空気を切り裂《さ》いた。ヤヨがパニックを起こしたのだ。教室の床《ゆか》に座《すわ》り込み、祥恵《さちえ》や比呂《ひろ》がけんめいになだめても、ヤヨは周《まわ》りが見えなくなったかのように、ただ叫び続けた。明らかにいつものヤヨとは違う。その悲鳴は廊下に流れ出し、桜中学の校庭を覆《おお》うかと思えた。女子が数人、金八先生を呼びに職員室へ駆け出していった。

「ヤヨがたいへん、たいへんなの！　早く来て」

職員室へ飛び込んできた生徒たちの様子《ようす》に、北先生と乾《いぬい》先生、遠藤先生も金八先生の後に続いた。ヤヨに走り寄った金八先生の背後《はいご》で、北先生のカミナリが落ちた。

「おまえたち、何してるか！　席につけーっ」

乾先生は震《ふる》えがとまらないヤヨの体をしっかり抱《だ》きかかえ、保健室へと連れて行った。後に残った三Bたちは神妙《しんみょう》な顔で席に着いた。

「三Bはこの時期に何やってんですか」

「はい、どうもすみません」

北先生に怒鳴《どな》られ、金八先生はみんなの前で謝った。しかし、北先生の怒りはおさまらず、金八先生と三Bに対する非難はさらに続いた。

「いいですか、年があけたら、高校受験に取り組まなければなりません。同時に、この桜中学というのは、近隣の小学校から進学を選択されるのですよ。この大事な時期に、最上級生が殴り合って、いつも騒ぎを起こしている中学だってレッテルを貼《は》られてみなさい。やがては、入学する生徒がどんどん減って、桜中学が消滅するかもしれんのです。校長不在中にそんなことになったらどうするんですかっ」

生徒たちから見れば、隣《とな》りのクラスの担任にすぎないのだが、教頭代理を自認《じにん》する北先生は金八先生に対して、頭ごなしに怒鳴りつけ、金八先生はひたすら頭を下《さ》げている。その説教を、突然、ドスのきいた怒鳴り声がやぶった。

「ああ、うるせえなあっ」

伸太郎《しんたろう》だ。こわい目を向けた北先生に、伸太郎はかみつくように言った。

「おれらの問題はおれらで解決するから、口はさんでくんなっ」

「おい、狩野《かのう》。おまえが仕切ったら、まとまるもんもまとまらなくなるぞ」

「どうして、そんなことが言えんだよ」

「いっつも、いちばん騒いでんのはおまえだろっ」

今度は、金八先生が伸太郎を助ける番だ。金八先生は穏《おだ》やかに、北先生を制して言った。

「お言葉ですが、もし生徒たちがこの問題を自分たちで解決できたとしたら、私はそっちの方がりっぱな評価につながると思うのですが……」

「三Bがそんなことできるとお思いですか」

「いや、それはやらせてみなければわかりません」

ゆっくりとそう言いながら、金八先生は自分のクラスを見渡《みわた》した。三Bたちには、金八先生の無言《むごん》の挑戦《ちょうせん》がすぐにわかった。

「先生、おれたち、やれるよ。なあ」

直明《なおあき》がまっさきに立ち上がると、みんなもバラバラと椅子《いす》を蹴《け》って立ち上がった。遠藤先生が、そっと北先生を教室の端《はし》の方へ引《ひ》っ張《ぱ》った。

「自分たちで解決できるって言ったよな?」

金八先生は念を押し、ひたと伸太郎の目を見た。

「では、言いだしっぺの伸太郎、出て来い」

伸太郎は立ち上がると、前へ出てきて教壇《きょうだん》の真ん中に立った。伸太郎が議長役をやるのだ。伸太郎は、しゅうと孝太郎《こうたろう》をまっすぐに見て言った。

「しゅうと孝太郎、何が原因だ。おまえら、これがはじめてじゃないだろ。」

「理由はそっちに聞けよ、さきに手を出したのはあっちだ」

孝太郎がふくれっつらで、しぶしぶ答えた。しかし、しゅうは皆《みな》の視線《しせん》を浴《あ》びても、黙《だま》りこくっている。しばらくの沈黙《ちんもく》の後、崇史《たかし》が代《か》わりに答えた。

「たしかに、先に手を出したのはしゅうだ、でも、それには理由があるんだ」

それでもしゅうが黙っていると、三Bたちは口ぐちにしゅうをせきたてた。

「ちゃんとした理由があるなら、言えよ」

「言えよ、おまえらのせいで、ヤヨがパニック起こしたんだぞ」

量太《りょうた》がめずらしく怒った声を出した。しかし、しゅうは唇《くちびる》を固《かた》くむすんでいる。教壇《きょうだん》の伸太郎はみんなの様子をしばらく見ていたが、やがて、しゅうに言った。

「しゅう、おまえ三Bだろ、せっかくもどって来たのに、また黙るのかよ。それじゃ、おれたち、なんのためにおまえにノートを書いたんだよ」

しゅうの目が落ち着きなく動く。やがて、しゅうはしぼり出すように言った。

「許せなかった。孝太郎《こうたろう》がクスリを手に入れてやるって、デカアスカたちに言ってたから」

「今、クスリって言ったのか？」

金八先生が険《けわ》しい顔で割って入った。デカアスカ、チビ飛鳥《あすか》、ウガは縮《ちぢ》み上《あ》がってごまかそうとするが、金八先生は厳《きび》しく追及《ついきゅう》した。

「ドラッグって言ってたじゃないか」

崇史《たかし》が暴露《ばくろ》すると、デカあすたちはみるみる涙を浮かべた。

「ふざけてただけなのよ」

「孝太郎、本当かよ」

三B全体から追及の目を向けられ、孝太郎はすがるように隣《とな》りの和晃《わこう》を見たが、和晃の目もまた厳しかった。

「男子なら、誰だって女子の前でいい格好《かっこう》したいだろ。おれはただ調子《ちょうし》こいただけで、ドラッグの手に入れ方なんて知らねえよ」

「本当だな、孝太郎」

孝太郎は必死で弁明《べんめい》した。しゅうだけが、唇《くちびる》を噛《か》みしめ、かたくなに黙っている。いつもしゅうの味方をしていた舞子《まいこ》が、しゅうに問いかけた。

「しゅうは何か言うことないの？」

「ない」

「いくら孝太郎が変な話をしたからって、いきなり殴《なぐ》るのはよくないと思う」

舞子は、目を真っ赤にしながらも、きっぱりと言い切った。どうやら、それは三B全体の意見でもあるようだ。

意見が出つくしたところで、伸太郎が判決を下《くだ》す。

「しゅうと孝太郎、それからやせるクスリとか言ってバカな騒ぎを起こしたデカアスカチビ飛鳥、ウガ。おまえら、みんなに頭下《さ》げろ。みんなも、それでいいだろ」

「ああ、いいよ」

「賛成」

口ぐちに賛成の声があがり、デカアスカたちは立ち上がって、震《ふる》える声であやまった。

「ごめんなさい。二度とバカな話で悪ふざけはしません」

しかし、しゅうと孝太郎《こうたろう》は強情《ごうじょう》な光を目に浮《う》かべたまま、席を立とうとしない。

「どうしたの、男はあやまれないの？　なっさけない」

女子からたちまち厳《きび》しい声がとんだ。

「女子にバカにされてんだぞ。ちゃんとあやまれよ」

男子の声もまた厳しい。孝太郎は仕方なく立ち上がり、頭を下《さ》げた。

「みんな、悪かった」

「次は、しゅう」

「しゅう！」

舞子《まいこ》が叫ぶと、しゅうはようやく口を開いた。

「すみませんでした」

パラパラと起こった拍手《はくしゅ》が次第《しだい》に、教室全体にひろがった。

「どう？」

伸太郎《しんたろう》が得意《とくい》げな瞳《ひとみ》で、北先生をふりかえると、北先生は何も言わずに教室を出て行った。金八先生は満面《まんめん》の笑《え》みで伸太郎に応《こた》えた。伸太郎が席に着くと、金八先生はゆっくりと一人ひとりの顔を見て言った。

「みんなで話し合って、ひとつわかったことがあります。それはたちまちやせる魔法のクスリなど、この世界にはないということです。あるのはコツコツ努力すること、汗を流して努力すること、そのほかに魔法のクスリはありません」

金八先生が保健室へ行ったときには、ヤヨはもう母親に連《つ》れられて帰ったあとだった。ヤヨがあんなふうにパニックを起こしたのは久しぶりのことで、母親もだいぶショックを受けていたという。金八先生は嘆息《たんそく》した。

「ほんとうに三Bはバカがそろってて残念です……だけど、そのバカの先頭を走っていた仲太郎が、がんばってくれて、殴りあった二人はきちんとあやまってくれました。あまりの成長ぶりに見ていて、不覚《ふかく》にも涙が出そうになりましたよ……」

本田先生も深くうなずいた。

「生徒を信じられないようで、何が教師か……ということですかねえ」

「そうですよ。信じましょうよ、坂本先生。ヤヨだって、きっとあの三Bが一緒に卒業させてくれると思いますよ」

長い道のりだったが、金八先生は三Bたちを信じて待ち続けてよかったと、今日ほど思った日はなかった。

あとがき

「三年B組金八先生」の小説第1集『十五歳の愛』が高文研より出版されてから、もう二十五年もたったかと思うと、改めて驚いてしまいます。

この金八先生シリーズを出版しつづけてくれた高文研とのお付き合いは、テレビドラマ「金八先生」の脚本を書き出してまもなくからはじまりました。

〝生命とは何か〟〝愛とは何か〟を、十五歳の妊娠・出産というドラマを通して若い人たちに考えて欲しい、そんな思いで脚本を書きすすめていたとき出会ったのが、高校生に向けて書かれた『愛と性の十字路』という本でした。ぜひ資料として参考にしたいと思い、出版社に電話を入れました。それが高文研だったのです。

以来、ドラマの脚本を書くたびに、それを小説にして、今度のこの『友達のきずな』で第24集となりました。第1集がスタートしたときはまだこの世に生まれていなかった方々が、ご両親やご兄姉から読み継いでくださっているかと思うと、うれしい限りです。

「三年B組金八先生」に関しては、私はこれで二五年目の卒業生となりますが、若い人たちの応援団であることに変わりはありません。（次の25集は清水有生さんの作になります。）

「ＪＨＰ・学校をつくる会」という、学生が活動の主体である海外ボランティアを組織し、カンボジアという国にたくさんの桜小学校・桜中学校を建設しては、彼らからパワーをもらい続けてきました。今後も、カンボジアの子どもたちを見守り、共に歩いていくつもりです。

〝彼も人なり、我も人なり〟とは、よくドラマの中でも使ってきた言葉です。みんな同じ人間です。だから成績やお金持ち度で人を計ることなく、互いに助け合っていく。その先に「平和」は見えてくるでしょう。「みんな同じ人ではないか」と思えば、安心して恐れを退治できるし、自分の幸せを噛みしめることもできるはずです。

高文研の梅田さん、金子さんの励ましがなければ、とても今度の24集までたどりつけなかったことでしょう。心からお礼申し上げます。

そして二十五年にわたる読者の皆さまにも、心からありがとうを申し上げます。

二〇〇五年　二月

小山内　美江子

3年B組金八先生スタッフ＝キャスト

◆スタッフ

原作・脚本	小山内美江子
音楽	城之内　ミサ
プロデューサー	柳井　　満
演出	福澤　克雄
	三城　真一
	加藤　　新

主題歌「初恋のいた場所」：作詞・武田鉄矢／作曲・千葉和臣／
編曲・若草　恵／唄・海援隊

制作著作――ＴＢＳ

◆キャスト

坂本　金八	武田　鉄矢	大森巡査	鈴木　正幸
〃　乙女	星野　真里	安井病院長	柴　　俊夫
〃　幸作	佐野　泰臣	和田教育長	長谷川哲夫
千田校長	木場　勝己	道政　利行	山木　正義
国井美代子（教頭）	茅島　成美	〃　明子	大川　明子
乾　　友彦（数学）	森田　順平	狩野伸太郎	濱田　　岳
北　　尚明（社会）	金田　明夫	園上　征幸	平　　慶翔
遠藤　達也（理科）	山崎銀之丞	丸山しゅう	八乙女　光
小田切　誠（英語）	深江　卓次	丸山　光代	萩尾みどり
本田　知美（養護）	高畑　淳子	飯島　弥生	岩田さゆり
八木　宏美（音楽）	城之内ミサ	飯島　昌恵	五十嵐めぐみ
小林　花子（家庭）	小西　美帆	田中センター長	堀内　正美
小林　昌義（楓中学）	黒川　恭佑	乾　　英子	原　日出子
シルビア（AET）	マリエム・マサリ	青木　圭吾	加藤　隆之

◆放送

ＴＢＳテレビ系

11月19日・26日・12月３日・10日・17日（22時～22時54分）

●高文研ホームページ・アドレス
http://www.koubunken.co.jp
●ＴＢＳ・金八先生ホームページ・アドレス
http://www.tbs.co.jp/kinpachi

3年B組
金八先生
友達のきずな

◆2005年３月１日――――――――第１刷発行
◆2005年３月25日――――――――第２刷発行

著者／小山内《おさない》美江子《みえこ》

出版企画／㈱ＴＢＳテレビ事業本部コンテンツ事務局
カバー・本文写真／ＴＢＳ提供
装丁／商業デザインセンター・松田礼一

発行所／株式会社　高文研
〒101-0064　東京都千代田区猿楽町2-1-8
☎03-3295-3415　Fax 03-3295-3417
振替　00160-6-18956

組版／Web D（ウェブディー）
印刷・製本／三省堂印刷株式会社
★乱丁・落丁本は送料当社負担でお取り替えいたします。

ISBN4-87498-337-5　C0093